FVA

Die Bücher von Jean-Philippe Toussaint
in der Frankfurter Verlagsanstalt

DAS BADEZIMMER. Roman
DER PHOTOAPPARAT. Roman
FERNSEHEN. Roman
SELBSTPORTRÄT (IN DER FREMDE)
ZIDANES MELANCHOLIE
SICH LIEBEN. Roman
FLIEHEN. Roman
DIE WAHRHEIT ÜBER MARIE. Roman
DIE DRINGLICHKEIT UND DIE GEDULD. Essays
NACKT. Roman
FUSSBALL
M.M.M.M. Eine Romantetralogie
DER USB-STICK. Roman

Jean-Philippe Toussaint

Der USB-Stick

Roman

Aus den Französischen
von Joachim Unseld

FRANKFURTER VERLAGSANSTALT

I

Eine Leerstelle, ja, wenn ich daran zurückdenke, begann es mit einer Leerstelle. Im Winter gab es in meinem Zeitablauf zwischen meinem Abflug vom Flughafen Paris-Roissy am frühen Nachmittag des 14. Dezember und meiner Ankunft am 16. Dezember um 17.15 Uhr am Narita Airport eine Leerstelle von achtundvierzig Stunden. Wir wissen nie alles über das Leben uns nahestehender Personen. Ganze Momente ihres Daseins sind uns verborgen. Es bleiben immer Grauzonen in ihrem Leben, Leerstellen, Lücken, Auslassungen, Abwesenheiten. Selbst bei den Menschen, die man am besten zu kennen glaubt, gibt es unbekannte Territorien. Aber wie steht es mit uns selbst? Sollte nicht eigentlich alles von unserem Leben bekannt sein? Sollten wir nicht ständig erreichbar sein, telefonisch, per Mail oder via Facebook-App? Sind wir heute nicht gehalten, ständig lokalisierbar zu sein? Ist es bei Reisen nicht unentbehrlich geworden, unsere

Nächsten jederzeit wissen zu lassen, wo wir uns gerade aufhalten, in welchem Land, in welcher Stadt, in welchem Hotel? Bei dem, was mir in diesen achtundvierzig Stunden passiert ist, in denen niemand aus meiner Familie oder meinem beruflichen Umfeld wusste, wo ich mich befand, handelte es sich nicht um eine jener vorsätzlichen Fluchten, wie sie in Frankreich jährlich tausendfach vorkommen. Es handelte sich auch nicht um eine dieser vorübergehenden Amnesien, eine Gedächtnislücke, ein flüchtiges Aussetzen des Erinnerungsvermögens, das einem übermäßigen Alkoholkonsum nach einem allzu feuchtfröhlichen Abend geschuldet wäre, wenn man sich beim Aufwachen nicht mehr an die Ereignisse der Nacht erinnert, die in unserem vernebelten Hirn nur bruchstückhaft wieder auftauchen, als ob die Dinge, die wir in der vorangegangenen Nacht erlebt hatten (manchmal die lustvollsten, wie etwa ein schnelles sexuelles Abenteuer), gegen unseren Willen geschehen sind und im Nachhinein aus dem Gedächtnis gelöscht worden wären. Nein, unter einem solchen achtundvierzigstündigen Blackout hatte ich nicht zu leiden. Im Gegenteil, ich erinnere mich klar und deutlich an jene beiden Tage, manche Bilder habe ich sogar in halluzinatorischer Klarheit wieder vor Augen. Aber die Leerstelle ist da, diese vorsätzlich gefasste Leerstelle in meinem Zeitplan, diese geheime Paranthese, von mir selbst organisiert, indem ich jede Spur meines Daseins auf der Welt ausradiert habe, als sei ich vom Radar verschwunden, als hätte ich mich buchstäblich in Luft aufgelöst. Von Amts wegen war ich achtundvierzig Stunden lang nirgendwo – und nie hat jemand erfahren, wo ich mich aufhielt.

Bei der Europäischen Kommission, für die ich arbeite, vermutete man mich in Japan. Auch meine Familie dachte, ich sei in Tokio. Meine Teilnahme an dem internationalen Kolloquium *Blockchain & Bitcoin prospects* war schon lange geplant. Ich war als europäischer Experte eingeladen, am zweiten Tag des Kolloquiums im Tokyo International Forum einen Vortrag zu halten. Professor Nakajima von der Universität Todai hatte meine Reise organisiert und das Programm für mich ausgearbeitet, mir neben meinem Vortrag beim Kolloquium einen weiteren Vortrag an seiner Universität beschafft. Seit einigen Jahren setzte ich mich im Rahmen meiner Tätigkeit für die Gemeinsame Forschungsstelle für Wissenschaftliche Beratung in Brüssel vor allem mit der Blockchain-Technologie auseinander. Ich arbeitete schon lange auf dem Gebiet der Strategischen Zukunftsforschung, zunächst für das Centre d'Étude et de Prospective Stratégique in Paris, jetzt für die Europäische Kommission. Seit mehr als zwanzig Jahren schon beschäftigte ich mich mit der Zukunft. Und in diesen zwanzig Jahren nur Missverständnisse! Wie oft hatte ich richtigstellen müssen, dass die Zukunftsforschung, soweit sie ihren Gegenstand vom wissenschaftlichen Standpunkt aus betrachtet, nichts mit Wahrsagerei zu tun hat. Wie oft wurde ich bei Abendessen in der Stadt, in Paris oder in Brüssel, gefragt, wo ich doch Spezialist für Fragen der Zukunft sei, was diese für uns bereithielt. Bestenfalls bezog sich die Frage, Himmel sei Dank, nicht auf die Zukunft als solche (das ist, ich weiß es aus Erfahrung, ein weites Feld), sondern auf den einen oder anderen speziellen Aspekt, die Umwelt oder die Geopolitik, also die Erwärmung der Erde oder die Entwicklung der syrischen Frage. Ich löste mit meinen Antworten in aller Regel nur Enttäuschung und stille Missbilligung aus, ja sogar kaum verhohlenes Misstrauen, weil ich im Bewusstsein meiner eng gefassten wissenschaftlichen Vorgehensweise antwortete, nichts darüber wissen zu können. Dem einverständlichen Schmunzeln, dem Austauschen verstohlener Blicke und den amüsierten Gesichtern, die ich am Tisch wahrnehmen konnte, setzte ich nichts entgegen. Ich versuchte weder mich zu erklären, noch weniger zu überzeugen. Allenfalls machte ich das Eingeständnis, dass zuweilen die Intuition mir zu Hilfe käme. Ich forschte über die Zukunft, ja, wie großartig. Selbst meine Kollegen in der Europäischen Kommission hatten gemeinhin keine Ahnung, worum es dabei ging. Nicht selten kam es vor, dass der eine oder andere Generaldirektor mich wegen der rätselhaften Abteilung, die ich leitete, in meinem Büro besuchte, um mich zu fragen, was es denn genau mit der Zukunftsforschung auf sich habe, um dann wie nebenbei hinzuzufügen, denn das war oft der eigentliche Grund des Besuchs: »Und wie könnte mir das zu Nutzen sein?« Und jedes Mal nahm ich mir die Zeit, gebetsmühlenartig zu erklären, was Zukunftsforschung nicht bedeutete, ich begann, sie negativ zu definieren. Denn was die Zukunftsforschung nicht war, das wusste ich zu Genüge – aber zu wissen, was sie war?

Was die Zukunftsforschung nicht war, nichts einfacher als das. Die Strategische Zukunftsforschung ist keine Hellseherei. Es geht keineswegs um Weissagung oder um Prophezeiung. Sie ist in keinem Fall Wahrsagerei, noch nicht einmal, was die Allgemeinheit im mindesten von ihr erwartet, Prognose. Nein, die Strategische Zukunftsforschung sagt nicht die Zukunft voraus. Die Zukunft ist lediglich der Gegenstand ihrer Forschung, und um sie zu erforschen, verfügen wir über ein breites Spektrum bestens ausgearbeiteter methodologischer Verfahren, die nach dem zweiten Weltkrieg entstanden und seither perfektioniert wurden, Instrumente wie zum Beispiel die Delphi-Methode, Modellierungen, Extrapolationen und Szenarien. Die Zukunftsforscher bilden eine recht eng begrenzte Gemeinschaft, in der wir uns nur auf Englisch verständigen, obwohl wir alle polyglott sind und jeder von uns zwei, manchmal sogar drei oder vier Sprachen beherrscht. Man begegnet zwangsläufig mehr oder weniger immer denselben Gesichtern auf den Symposien und internationalen Konferenzen, bei denen wir uns zwei oder drei Mal im Jahr treffen, etwa beim jährlichen Kongress der *World Future Society* oder bei der *Association of Professional Futurists*. Mein Freund Peter Atkins veranstaltet jedes Jahr eine Sommerfrische vor der hochherrschaftlichen ländlichen Kulisse von Hartwell House unweit von London. Wir unsererseits empfangen in Brüssel an die vierhundert Experten aus der ganzen Welt zu unserer Konferenz *Analyse Technologique de la Prospective* (die das hübsche Akronym *ATP* ergibt, welches an das der *Association of Tennis Professionals* erinnert). Wir bilden eine relativ homogene Truppe, und wie jede Gemeinschaft sind wir durch ein unsichtbares Netz von Sympathien und Antipathien, von Freundschaften und Feindschaften verbunden, durch versteckte Eifersüchteleien und Animositäten, Sippschaften und Cliquen, ein Netz, das tief unter der Oberfläche unsere Gemeinschaft durchzieht, ebenso wenig sichtbar wie dessen Verbindungen auf der Oberfläche. Auch wenn wir in einem geschlossenen System leben, sind wir dennoch weniger inzestuös als etwa eine königliche Familie oder ein Philharmonieorchester. Vielfältig Eingebrachtes von außen, von Wissenschaftsexperten, Ingenieuren und Politikern, durchlüftet regelmäßig unseren begrenzten Kreis, und durch den immer wieder erneuerten Mestizenbeitrag von Gedanken wird unser Sumpf unaufhörlich aus seiner Erstarrung gerüttelt. Und diese ganze schöne Welt hat natürlich allein die Zukunft im Sinn. Um es jedoch gleich vorwegzunehmen, die Zukunft existiert nicht – zumindest noch nicht.

So exzellent unsere Methoden auch sein mögen, die Zukunft lässt sich nicht vorhersagen. Wie könnten wir etwas *vorhersagen*, das noch nicht existiert? Die Zukunft, wenn wir sie vom Heute ausgehend erforschen (und wovon sonst als der Gegenwart könnten wir ausgehen?), bleibt etwas sich ständig Änderndes, Instabiles, Unbestimmtes, Unschlüssiges, wie ein unendlicher, ewig sich im Wind wandelnder Himmel, der eben noch ruhig war, dann plötzlich stürmisch ist. Sie kann verschiedenste Formen annehmen, ihre Konturen dehnen sich in kontinuierlichem Wechsel, vermischen sich, ihre Grenzen werden verschoben, während ihr eigentliches Wesen uns gänzlich unbekannt bleibt. In dem Moment, in dem wir die Zukunft beobachten, ist sie noch nicht erschienen. Durch die grundlegende Ungewissheit und ihre bedrohliche Unbestimmtheit war die Zukunft seit jeher für den Menschen eine Quelle des Unbehagens. Unbehagen, ja. Der Mensch (und ich im Besonderen) hat angesichts der Zukunft schon immer ein irrationales Unbehagen empfunden. Er dachte seit jeher, die Zukunft könne eine Gefahr in sich bergen, und um diese abzuwenden, brachte man seit der Antike alle möglichen Praktiken und Abwehrrituale in Stellung, um diese Angst zu bannen. Jahrhundertelang glaubte der Mensch, die Zukunft erschließe sich ihm nicht, dass sie Gott gehöre, dass sie eine Sphäre sei, die für Mächte reserviert ist, die über seinen Verstand gehen. Um etwas von der Zukunft zu erahnen, um einen Zipfel des Schleiers von dem zu lüften, was sie für uns bereithielt, manchmal etwas vom Besten, meist etwas vom Schlimmsten, zog man Auguren oder Orakel zu Rate. Heute blicken wir mitleidig auf solch archaische Praktiken. Unsere Vorgehensweise versteht sich rationaler, wissenschaftlicher. Wir versuchen nicht, die Zukunft vorherzusagen, sondern nur, sie vorzubereiten, was uns zu der Überlegung führt, das Zukünftige nicht als ein zu erforschendes, sondern als ein zu bebauendes Gebiet zu betrachten. Dem französischen Philosophen Gaston Berger verdanken wir die wesentliche Einsicht, dass die Zukunftsforschung untrennbar mit Handeln verbunden ist. Wenn man sich mit der Zukunft beschäftigt, dann nicht als Ästhet oder passiver Beobachter, sondern in zweckorientierter Absicht, im Dienste des Handelns und der politischen Entscheidung. Die Zukunft darf nicht als etwas bereits Feststehendes betrachtet werden, vielmehr als etwas Offenes, noch zu Konstruierendes, etwas, worauf heutige Entscheidungen noch einen Einfluss haben. Aber der wirkliche Patron der Zukunftsforschung ist der Amerikaner Herman Kahn. Herman Kahn ist Wegbereiter und Legende der Strategischen Zukunftsforschung. Er ist Begründer der berühmten Methode der

Szenarien. Als Kahn Mitte der 1950er Jahre einen Überbegriff für seine hypothetischen Darstellungen suchte, die er im Rahmen seiner Zukunftsforschung anwandte, und nach einer Diskussion ein Drehbuchautor aus Hollywood ihm erzählte, der Begriff *scenario* sei beim Film zugunsten von *screenplay* fallen gelassen worden, übernahm er einfach den Begriff, um damit seine fiktiven Forschungsberichte zu benennen, die Situationen beschreiben, die sich in der Zukunft ereignen könnten. Wie mein Freund Peter Atkins oft anmerkte, behaupten Franzosen gerne, Amerikaner seien rigide und deterministisch in Sachen Zukunftsforschung, liest man jedoch die Schriften Herman Kahns, wird klar, dass Kahn viel entspannter ist, als man es ihm allgemeinhin zutraut, hatte er doch die Traute besessen, ein aus Hollywood stammendes Wort als Überbegriff der in der Zukunftsforschung ausgearbeiteten Fiktionalisierungen zu wählen. Als Autor des äußerst umstrittenen Buches *Über den Nuklearkrieg*, mit dem er in den 1960er Jahren in den Medien Aufsehen erregte, hat Kahn viel Zeit darauf verwandt, mögliche Szenarien eines Atomkrieges mit der Sowjetunion zu entwerfen und kühl unter Zuhilfenahme verschiedener Tabellen mögliche Strategien zu entwickeln, mit denen die Vereinigten Staaten einen Atomkrieg »gewinnen« könnten. Er unterschied zehn Arten von Krisen und bemühte sich, den Nachweis zu erbringen, dass ein Überleben der Vereinigten Staaten bei einer vorgeschalteten guten Vorbereitung mit einiger Wahrscheinlichkeit denkbar sei. Die klinisch sauberen Hochrechnungen der Toten in jeder der von ihm erarbeiteten Szenarien, methodisch exakt in Grafiken ausgewiesen, gingen von der niedrigsten Hypothese (zwei Millionen Tote), bis hin zur höchsten (160 Millionen Tote), was bei Veröffentlichung des Buchs einen Aufschrei der Empörung auslöste. Seine Kritiker warfen ihm die Leichtfertigkeit vor, mit der er mit dem nuklearen Feuer spielte, und klagten ihn an, zu einem Massenmord aufzurufen. Kahn war zu diesem Zeitpunkt aber schon zu verstrickt in seine Obsessionen und seine makaberen Hochrechnungen und stand am Ende da wie ein monomaner Illuminat, so sehr, dass er zu einem der Vorbilder wurde für Doktor Seltsam in Stanley Kubricks Film *Dr. Seltsam oder: Wie ich lernte, die Bombe zu lieben.*

Meist weniger berühmt als die legendären Kunstfiguren wie Doktor Seltsam oder Citizen Cane sind die bedeutenden Köpfe der Zukunftsforschung, die dem großen Publikum im Allgemeinen unbekannt bleiben. In diese Porträtgalerie bizarrer Persönlichkeiten gehört das einzigartige Bildnis von Pierre Wack. Der Franzose Pierre Wack, der nicht nur ein Franzose war (also per definitionem leicht verrückt, wie mein Freund Peter Atkins es zu sagen pflegt), sondern ein wahres Original (*ein unkonventioneller Franzose,* wie es einer seiner Biographen etwas schönfärberisch schreibt), war ein richtiger Hippie, der nach Indien pilgerte, um seinem Guru Swami Prajnanpad einen Besuch abzustatten, und der seine Tage im Büro im Lotussitz meditierend zubrachte. Und diesen komischen Kauz beauftragte die Geschäftsführung von Royal Dutch Shell Mitte der 1960er Jahre, ein neues System für die weltweiten Aktivitäten der Ölfirma einzuführen, von der Förderung des Erdöls bis hin zum Vertrieb des Benzins an den Tankstellen. Pierre Wack (dessen witziger Name an den französischen Komödianten Pierre Dac erinnert) bezog darauf in London im neuen Shell-Hochhaus ein privates Büro, in dem beständig eine Räucherkerze brannte und unser Experte in weißem Kimono und thailändischer Hose barfuß und nachdenklich über den Teppichboden entlang der verglasten Fensterfront des Shell-Hochhauses wandelte, das das Südufer der Themse überragt. Da er die bisher üblichen Fünfjahrespläne von Shell als Auslaufmodell betrachtete und erkannte, dass in den bis dahin zur Anwendung gebrachten Zukunftsmodellen zu wenig die äußeren Gegebenheiten auf diese Industrie mit ins Kalkül einbezogen wurden, führte Pierre Wack von nun an Shell auf den Weg der Szenarien, die von 1971 an schließlich an die Stelle der traditionellen quantitativen Vorhersagen des multinationalen Konzerns traten. Und auch wenn es möglicherweise nur am Weihrauchdunst lag, der der Gestalt Pierre Wacks beim Verlassen des Aufzugs einen Heiligenschein verlieh, begannen die Entscheider bei Shell langsam, sich an seine intuitiven Szenarien und seine Vorstellungen zu gewöhnen, die man anfangs für absurd erachtet hatte, dass der Weltölmarkt Mitte der 1970er Jahre eine gewaltige Schieflage erleben würde und demzufolge einen brutalen Anstieg der Erdölpreise, eine Intuition, die sich mit dem ersten Erdölschock 1973 auf eklatante Weise bestätigen sollte.

In den vergangenen Jahren habe ich hin und wieder Science-Fiction-Romane gelesen. Ich erinnere mich auch, im Kino mehrere Episoden von *Star Wars* gesehen zu haben. Eine schon vor längerer Zeit, noch im 20. Jahrhundert, vielleicht war es 1999. Was für ein seltsam anmutendes Datum, dieses 1999, mit dieser langsam und still in der Zeit versiegenden Schleppe von Neunern, wie ein Kometenschweif im interstellaren Raum. Und doch haben wir diese Zeit, als wir den Moment lebten, als völlig normal betrachtet, vielmehr die Jahre, die mit 2000 begannen, damals als unnatürlich empfunden. Ich habe die erste Episode von *Star Wars, Die dunkle Bedrohung,* in Rom mit meinem älteren Sohn Alessandro gesehen, der zu dieser Zeit etwa neun oder zehn Jahre alt gewesen sein dürfte. Ich war für ein langes Wochenende nach Rom gekommen, um Alessandro zu sehen, der dort nach unserer Trennung mit seiner Mutter lebte, und ich hatte ihn mit in *Star Wars* genommen. Es war ein unerträglich heißer Augusttag, und ich erinnere mich noch an die wohltuende Kühle, die im Dunkel dieses klimatisierten Kinosaals in der Nähe der Piazza Barberini herrschte. Alessando saß neben mir in Shorts und einem Trikot von AS Rom und schaute fasziniert auf die mönchischen Gestalten der Jedi-Ritter, die sich, vermummt in Kapuzen und braunen Wollmänteln, mit Laserschwertern bekämpften. Ich meinerseits schaute gleichermaßen auf die Filmleinwand wie auch auf meinen Sohn, dessen kleine Augen ich in der Dunkelheit kaum wahrnehmen konnte und der mit offenem Mund und starr mit einer Eistüte in der Hand in fast religiöser Hingabe den weisen Sprüchen von Meister Yoda folgte. *Il paura è la via per il lato oscuro.* Wir sahen einen italienisch synchronisierten Film. Mein Sohn konnte die Untertitel noch nicht fließend lesen. *La paura porta a la rabbia. La rabbia porta all' odio, l'odio conduce alla sofferenza,* fuhr Meister Yoda fort (das ist gut, was?, wandte ich mich von Zeit zu Zeit zu meinem Sohn, um ihn zum Zeugen zu nehmen).

Erst vor kurzem, als ich nach einem Arbeitstag in Brüssel abends nichts vorhatte, schaute ich mir gedankenlos im Programm eines flämischen Senders eine neuere Episode von *Star Trek* in der Originalfassung mit holländischen Untertiteln an. Doch in den Tagen danach, wenn ich über die Art und Weise nachdachte, in der im Film die Zukunft dargestellt worden war, fing auch ich an zu überlegen, wie unsere Welt in einer weit entfernten Zukunft tatsächlich aussehen könnte, wobei ich versuchte, die wirklich denkbaren Entwicklungen der Menschheit hochzurechnen, um in einem idealen Zukunftsfilm einen realistischeren Überblick über die Zukunft zu bekommen. Das war in der Tat genau das, was ich besser hätte sein lassen sollen. Das war die völlige Abkehr von dem, was ich ständig vermeiden wollte, wenn man mich danach fragte, was die Zukunft für uns bereithielt. Aber ich wollte, weil ich schon einmal dabei war, mit meinen Träumereien noch nicht aufhören, trotz des (begründeten) Vorwurfs, den ich mir selbst hätte machen können. Auch wenn die Erkenntnisse, zu denen ich, gestützt auf die neuesten Forschungen der Wissenschaft, gelangt war, sicherlich von keiner großen Bedeutung waren (ich habe sie übrigens alle recht schnell vergessen), war ich doch mit meiner eigenen Schlussfolgerung ziemlich zufrieden, die darauf hinauslief, dass alle Elemente, die man in einen Science-Fiction-Film einbauen kann, alle nur vorstellbaren technologischen Extravaganzen, ob Maschinen, Roboter, Weltraumschiffe oder interstellare Reisen, alle biotechnologischen und transhumanen Spielarten, all dieser futurologische, mit Spezialeffekten vollgestopfte Klimbim nicht an das Wirkungsvollste und wirklich Verblüffendste heranreichen, was es auf der Leinwand zu sehen gibt – denn das Glaubwürdigste und am meisten Bewegende, das Schönste und auch Zauberhafteste sind die Szenen, in denen es regnet.

In der Strategischen Zukunftsforschung spannt sich die Vorhersage allgemeinhin über Zeiträume bis zu etwa fünfzig Jahren, wobei man nie über das Jahr 2100 hinaus forscht, das ist unsere längste Zeitspanne, der nicht zu überschreitende Horizont. Aber der Begriff der längsten Zeitspanne ist sehr relativ, die Experten der IAEO, der Internationalen Atomenergie-Organisation, rechnen bei Halbwertszeiten nuklearer Abfälle mit einem Zeithorizont von hunderttausend Jahren. Das Problem mit diesem in großer Tiefe gelagerten radioaktiven Atommüll liegt darin, wie man künftigen Generationen auf verständliche Weise die Information übermitteln, wie man sie darauf aufmerksam machen soll, dass im Boden hochgiftige nukleare Abfälle mit einer Verfallszeit von einhunderttausend Jahren oder mehr lagern. In welcher Sprache beispielsweise soll man an der Erdoberfläche Hinweise zur Lokalisierung hinterlegen, wie technische Empfehlungen zur Behandlung dieser Abfälle abfassen? Es ist vielleicht ein wenig zu kurz gegriffen, wenn man sich damit begnügt, mit: »auf Chinesisch« zu antworten, wie ich es letztens bei einer internen Sitzung mit einem Augenzwinkern vorgeschlagen habe. Keine Organisationsform der Menschheit ist auf eine solche Zeitspanne hin angelegt. Selbst den Vatikan, eine der am längsten bestehenden, gibt es erst seit dem vierten Jahrhundert. Andererseits heißt in der Welt der neuen Technologien sechs Monate bereits Ende der Vorstellung, so viele Dinge können in diesem sich derart schnell entwickelnden Bereich in nur sechs Monaten passieren. Als ich einmal mit verantwortlichen IT-Experten großer Industriefirmen in Sachen Cybersicherheit zusammenarbeitete, hatten diese größte Schwierigkeiten, sich einen Zeithorizont bis zum Jahr 2020 vorzustellen. Es gab heftigen Protest, es sei völlig unmöglich, sich in eine derart trügerische Zukunft zu versetzen (vier Jahre bedeuteten für sie Jahrhunderte).

Seit einigen Jahren arbeite ich über Quantencomputer, eine Technologie, die eine rasante Entwicklung erlebt und über die man viel Widersprüchliches hört. Auf der einen Seite gibt es Leute, die glauben, es handele sich um einen neuen Godot, der niemals kommen würde. Und auf der anderen Seite gibt es Wissenschaftler, die der festen Überzeugung sind, dass das schon morgen der Fall sein würde, dass ein solcher Quantencomputer in weniger als zehn Jahren zum Einsatz kommen könnte. In kürzester Zeit könnte uns also die Entwicklung des Quantencomputers in ungeahnte Dimensionen katapultieren, ausgestattet mit einer Rechenleistung, die sämtliche vermeintlich als sicher geltende Codes knacken und die Grundprinzipien der Sicherheit der Informationstechnologie auf den Kopf stellen kann. Nach einer ersten Sachverständigentagung im Berlaymont-Gebäude der Europäischen Kommission in Brüssel haben wir die Entscheidung gefällt, uns ernsthafter mit dieser Frage zu befassen. Ein sehr detaillierter, sechzehn Abschnitte umfassender Fragebogen (Software, Finanzierung, Stärken und Schwächen Europas, technische Anwendungen et cetera) wurde in der Folge an zweihundert Experten weltweit verschickt. *Real-time Delphi*, die Echtzeit-Delphi-Methode, ist eine Variante der konventionellen Delphi-Methode, ein Befragungsverfahren, das über eine freigeschaltete Plattform ermöglicht, dass alle an der Befragung beteiligten Fachleute die nach und nach eingehenden Antworten auf ihren Bildschirmen in Echtzeit einsehen und jeweils ihre eigenen Einschätzungen gegebenenfalls korrigieren können. Die erste Phase der Befragung war jetzt abgeschlossen und das Sichten der Ergebnisse im Gange, wir waren dabei, sie für unseren Schlussbericht zusammenzufassen.

Aber die Frage, der in letzter Zeit meine ganze Aufmerksamkeit galt, war die Blockchain. Die Blockchain ist in der Vorstellung der meisten Leute verbunden mit dem Bitcoin. Aber worum geht es wirklich? Die Blockchain ist eine Speichertechnologie, Äquivalent eines Buchführungsjournals – ein immenses anonymes und manipulationssicheres Register –, das die Historie sämtlicher zwischen den Nutzern jemals durchgeführter Transaktionen dokumentiert. Die Arbeit, einen neuen, gültigen Block zu erstellen, die darin besteht, als Erster eine komplexe mathematische Gleichung zu lösen, nennt man Mining, das Schürfen. Der Schwerpunkt in der Anwendung dieser

Technologie und der bei weitem bekannteste sind bislang Zahlungssysteme, wie die in den vergangenen Jahren schnell wachsenden Kryptowährungen, weil diese Systeme absolutes Vertrauen schaffen und den Wert der jeweiligen Währung garantieren. Als der Bitcoin 2008 die Weltbühne betrat, geschah dies nicht auf spektakuläre Weise, sondern im Gegenteil bemerkenswert diskret. Die Identität seines Erfinders Satoshi Nakamato ist noch immer mysteriös. Der Name Satoshi Nakamato ist sicher ein Pseudonym, hinter dem sich eine oder mehrere Personen verbergen, möglicherweise sogar eine ganze Gruppe unsichtbarer Manipulatoren, seine wahre Identität bleibt weiterhin ein Rätsel. Aber außer für den Bitcoin kann die Blockchain eben auch in vielen anderen Geschäftsfeldern eingesetzt werden, und ich erhielt vor wenigen Monaten den Auftrag, einen Bericht über die zukünftigen Perspektiven der Blockchain für das Europäische Parlament zu verfassen. Eine erste Fassung dieses etwa fünfzig Seiten langen, in Englisch geschriebenen Berichts (*Is blockchain technology our future?*) schickte ich meinem Freund Peter Atkins, der ihn las und mir ein Dutzend Änderungen in Details vorschlug, die ich bei der Veröffentlichung berücksichtigt habe.

Im Herbst 2016 fand die öffentliche Vorstellung meines Berichts im Europäischen Parlament statt. Woraufhin ich von Lobbyisten angesprochen wurde. Es ist gut denkbar, dass dies ein normaler Vorgang ist, aber ich für meinen Teil wurde in den mehr als zehn Jahren meiner Tätigkeit in Brüssel (ich bin 2004 zur Europäischen Kommission gekommen) niemals auf eine derartige Weise *angegangen*. Natürlich trifft man im Laufe der Jahre auf den Straßen des Europaviertels häufiger auf einen Lobbyisten. Nichts in seiner Haltung oder Wortwahl unterscheidet den Lobbyisten von einem Europabeamten. Sie haben das gleiche Erscheinungsbild, haben dasselbe studiert, wissen genau, wie die Institutionen funktionieren. Wie alle anderen hier sprechen sie ein mehr oder weniger globalisiertes Englisch und teilen mit uns dieselben sprachlichen Gewohnheiten, eine für normale Menschen undurchsichtige, weil kodierte Sprache, die wie ursprünglich jeder Dialekt dazu dienen soll, eine klar umrissene Gruppe zu bilden und ihren Zusammenhalt zu festigen. Bei Lobbyisten – die sich gerne in aller Bescheidenheit als »Interessenvertreter« bezeichnen – handelt es sich nebenbei bemerkt häufig um frühere Kollegen, die in die Privatwirtschaft gewechselt sind, die gemäß dem hübschen Ausdruck »Drehtür-Effekt« den Sprung geschafft haben und aus dem paradiesischen Licht der Europäischen Kommission (die, wie jeder weiß, das Gemeinwohl schützt) in den mephistophelischen Schatten des Schutzes privater Interessen gewechselt sind. Lobbyisten üben unsichtbare Einflüsse aus. Sie stellen persönliche Verbindungen bis in höchste Kreise her, sie steuern unsichtbare Initiativen und handeln im Verborgenen, um für spätere Dossiers Vorteile zu schaffen, wenn nicht für die Privatinteressen, die sie vertreten, dann für das öffentliche Gemeinwohl, das sie in Ehren halten. In Brüssel gibt es dreißigtausend Lobbyisten, fast so viele wie in Washington, der Stadt mit der höchsten Anzahl weltweit, und sie sind verpflichtet, in der Ausübung ihrer Aufgaben bei jeder Gelegenheit und an jedem Ort zuvorkommend und höflich lächelnd aufzutreten (oder hat man jemals unsympathische Schwindler gesehen?).

Nachdem ich im September meinen Bericht vorgestellt hatte, wurde ich also in einem Gang des Parlaments von zwei Männern angesprochen, und hier hätte die Geschichte auch schon enden können, denn ich war durchaus entschlossen, nicht auf ihre Avancen einzugehen. Mit meinen Unterlagen unter dem Arm durchquerte ich die Menschenmenge weiter in Richtung Ausgang, hörte ihnen kaum zu, als sie mir zu meinem Vortrag gratulierten und sich in einem hohen Maß an meiner soeben gemachten Ankündigung einer von Europa entwickelten Blockchain interessiert zeigten. Sie würden sich glücklich schätzen, von mir mehr darüber zu erfahren, und wünschten, mich innerhalb der nächsten Tage noch einmal zu treffen, um den Punkt zu vertiefen. Instinktiv war ich vor ihnen auf der Hut und versuchte, sie mit dem Hinweis auf die öffentliche Ausschreibung der Gemeinsamen Forschungsstelle für Wissenschaftliche Beratung abzuwimmeln. Aber die beiden Männer ließen sich nicht entmutigen, geduldig lächelnd folgten sie mir weiter taktvoll an meiner Seite durch die Gänge des Europäischen Parlaments, ohne auch nur ein wenig von mir zu lassen. Sie erlaubten sich in aller Höflichkeit, nochmals auf ihr Anliegen zurückzukommen und erklärten mir, sie würden für eine sehr wichtige internationale Klientel arbeiten, vor allem aus Asien. An diesem Tag war ich in Eile (ein Taxi wartete auf mich an der Place du Luxembourg), und ich beließ es beim Austausch von Visitenkarten, bevor ich mich verabschiedete. Im Taxi warf ich einen schnellen Blick auf ihre Karten, mit ihren Namen und Funktionen und einem esoterischen Firmenlogo. Sie arbeiteten für eine Beratungsgesellschaft mit Sitz in Brüssel, die XO-BR Consulting, der eine hieß John Stavropoulos, der andere Dragan Kucka. Ich steckte die Karten in mein Jackett und dachte nicht mehr daran. In den folgenden Tagen wurde ich erneut von John Stavropoulos kontaktiert, der nicht davon abließ, mich zu einem Treffen überreden zu wollen. Ich antwortete wieder ausweichend, etwas willenloser dieses Mal, ich war doch neugierig geworden wegen des Begriffs »Blockchain«, der im Namen der Gesellschaft, für die er arbeitete, auftauchte, *Consulting company for the development of blockchain and digital currencies.* Er kam erneut darauf zu sprechen, dass die XO-BR Consulting eine spezialisierte Beratungsfirma für die Entwicklung von Blockchain-Technologien sei, und versicherte mir, seine Gesellschaft kenne sich so gut wie keine andere auf dem europäischen Markt aus. Ihm zufolge waren sie überhaupt die Einzigen in Brüssel, die in der Lage waren, eine hundertprozentig europäische Blockchain auf die Beine zu stellen, die zudem noch ausschließlich auf unserem Kontinent entwickelt werden könnte, ohne die Hilfe großer amerikanischer oder chinesischer Unternehmen in Anspruch nehmen zu müssen. Nachdenklich geworden hörte ich ihm am Telefon zu. Ich war aufgestanden und überlegte, starrte durch das große Glasfenster meines Büros auf ein Ensemble von Gebäuden weit entfernt im Herbstgrau. Seit mehreren Monaten schon dachte ich darüber nach, wie dringend notwendig die eigenständige Entwicklung einer unabhängigen europäischen Blockchain wäre. Es war für uns unumgänglich, uns bei einer so sensiblen Technik von der Abhängigkeit von China oder von den Vereinigten Staaten zu befreien. Es handelte sich mit Sicherheit um das große Thema zukünftiger Geopolitik. Früher oder später würde es die Organisation unseres Geldverkehrs, unseres Gesundheitswesens und sogar unserer Sicherheit betreffen, die einmal von der Blockchain-Technologie verwaltet werden könnten. Europa durfte sich nicht den Luxus erlauben, auf diesem Gebiet von China oder den Vereinigten Staaten abhängig zu sein (die angebliche Neutralität dieser Technologie ist natürlich nichts als Augenwischerei). Aus diesem Grund war ich trotz meines Misstrauens John Stavropoulos gegenüber von dem gefesselt, was er mir zu erzählen hatte. In meiner Neugier, mehr über die Aktivitäten der XO-BR Consulting zu erfahren, stimmte ich schließlich einem Treffen zu.

Nach diesem ersten Aufeinandertreffen hatten sie mich in gewisser Weise am Haken, und ich sah John Stavropoulos und Dragan Kucka noch mehrere Male. Ich traf sie jeweils in aller Diskretion und war mir völlig darüber im Klaren, dass unsere Treffen gegen die Regeln der Kommission verstießen, die ausdrücklich inoffizielle Beziehungen zu Lobbyisten untersagten. Bei unserem ersten Treffen war ich auf der Hut geblieben, hatte sorgfältig darauf geachtet, mich nicht zu weit vorzuwagen, keine vertraulichen Informationen preiszugeben. Ich für meinen Teil hatte nur eine rein theoretische Vorstellung von der Blockchain. In meinem Büro hatte ich mir anhand von Quellen und Berichten eine Meinung gebildet, während Stavropoulos und Kucka praktische Erfahrung auf dem Gebiet vorzeigen konnten. Sie kannten bestens die einschlägigen Firmen und unterhielten enge Beziehungen zu deren Managern. Um an diesem konkreten Wissen teilzuhaben, wollte ich den Kontakt zu den beiden nicht abbrechen lassen. Tatsächlich handelte es sich, um genau zu sein, bei den beiden Lobbyisten, die sich um mich kümmerten, um drei (eigentlich sogar um vier, wie bei den drei Musketieren), alle vier akkreditiert bei der Europäischen Kommission mit freiem Zugang zum Parlament. Sie kamen nie gemeinsam, sondern in verschiedenen Konstellationen, deren Bedeutung mir entging, es war jedoch die ursprüngliche Besetzung mit dem Paar Stavropoulos und Kucka, mit der ich es hauptsächlich zu tun bekam, den beiden Vögeln, die mich am ersten Tag nach meiner Präsentation im Parlament abgefangen hatten. Bei unserem dritten Treffen sah ich sie aber zu dritt kommen, ein ziemlich magerer Typ hatte sich ihnen angeschlossen, der kein einziges Mal den Mund aufmachte, dann kamen sie mit einer Frau, die mir als Yolanda Paul vorgestellt wurde, eine hübsche junge Frau im Trenchcoat, mit Schal und Sonnenbrille. Auf ihrer Visitenkarte war als Funktion angegeben: *Senior Managing Director Financial Services, Growth & Strategy*, ein recht schnarchiger Titel, der mir nicht gerade auf die Sprünge half, was genau sie machte. Mir gelang es auch nicht, genau herauszufinden, welcher Nationalität sie angehörte, weder ihr Name (Yolanda Paul) noch ihr Akzent (ihr Akzent im Englischen, weil unsere Gespräche immer auf Englisch stattfanden) erlaubten mir, klarer zu sehen. Vor allem verstand ich nicht, welche Rolle sie innerhalb der Gruppe spielte, stand sie in der Hierarchie über den anderen und war gekommen, um die beiden zu kontrollieren, oder sollte sie mir gegenüber eine andere, zwiespältigere Rolle spielen, um nicht zu sagen eine explizit sexuelle (ich war auf alles gefasst). Jedenfalls gelang es ihr einmal, mich allein zu treffen. Ich kam gerade aus meinem Büro, als sie mir auf der anderen Straßenseite auffiel, wie sie mir auflauerte. Sie setzte sich sofort in Bewegung, kam quer über die Straße auf mich zu und schlug vor, ein Glas im Viertel trinken zu gehen. Mir fiel auf, dass sie geschminkt und sorgfältig gekleidet war, elegant und gut aufeinander abgestimmt. Wir gingen in das erstbeste Café, und sie erklärte mir detailliert die Ziele ihrer Gesellschaft, die Geschäfte zwischen osteuropäischen Unternehmen und großen Auftraggebern in China vermittelte. Sie ließ mir ihre private Telefonnummer und bot mir an, ich könne sie anrufen und mit ihr abendessen gehen. Aber ich kam nicht auf ihr Angebot zurück. Ich hatte nur unter der Bedingung die Gespräche mit ihr und den anderen akzeptiert, dass diese strikt vertraulich blieben. Ich vermied es, soweit es möglich war, mit ihnen in der Öffentlichkeit gesehen zu werden. Von Anfang an hatte ich Sorge getragen, nur auf strikt persönlicher Ebene zu handeln, ohne in irgendeiner Weise die Welt der Gemeinsamen Forschungsstelle für Wissenschaftliche Beratung miteinzubeziehen. Und natürlich empfing ich sie nie in meinem Büro, wo sämtliche Termine von der Security registriert werden. Ich hatte weder etwas unterschrieben noch etwas versprochen. Ich war ihnen in keiner Weise verpflichtet.

Schon bei unserem ersten Treffen hatte mich John Stavropoulos wissen lassen, dass die Beratungsfirma, für die er arbeite, die Interessen einer Gesellschaft für elektronische Datenverarbeitung in Bulgarien vertrete, die Kaliakras Ltd. hieß und im Verteidigungs- und Sicherheitswesen arbeite und die, wie er es ausdrückte, großes Entwicklungspotenzial habe. Er fügte hinzu – nur unter uns und unter dem Siegel der Verschwiegenheit –, dass seine Firma, die XO-BR Consulting, exzellente Kontakte zu höchsten Stellen unterhalte, sowohl zu einem im Amt stehenden bulgarischen Minister (er dürfe mir hier nicht mehr sagen) als auch innerhalb der Europäischen Kommission. Nach den ersten Treffen sah ich klarer. Es ging um eine öffentliche Ausschreibung der Kommission, die bulgarische Gesellschaft für Datenverarbeitung Kaliakras Ltd. beabsichtigte, Mining-Maschinen zu erwerben (fünfhundert Mining-Maschinen ASIC, *Application-specific integrated circuit*), und zwar von der BTPool Corporation, einer chinesischen Firma mit Sitz in Dalian, um ihre geschäftlichen Aktivitäten in der Region von Haskovo oder Plovdiv in Bulgarien auszubauen, die Wahl des Standorts stand noch nicht fest. Die Kaliakras Ltd. hatte wiederum vor, bei der Europäischen Kommission Fördermittel aus dem regionalen Innovationsfonds zu beantragen und so die Voraussetzung zu schaffen, Finanzierungshilfen aus dem Forschungsetat zu erhalten. Die Unterlagen für den Antrag lagen vor, das war der Grund, warum man an mich herangetreten war, ich sollte diese Unterlagen lesen und auf die Übereinstimmung mit der europäischen Rechtsprechung hin prüfen, und wenn nötig, sie an diese anpassen. Kurz, sie erwarteten von mir, jedenfalls zu diesem Zeitpunkt, eine diskrete juristische Beratung. Aber mehrere Faktoren waren mir von Beginn an verdächtig erschienen. Eine der ersten befremdlichen Feststellungen, die ich bei meinen Nachforschungen im Internet machte, war, dass die XO-BR Consulting nicht im Transparenzregister der Europäischen Kommission gelistet war, alle Lobbyisten sind grundsätzlich verpflichtet, sich dort einzutragen. Die zweite merkwürdige Entdeckung, die ich machte, war, dass die bulgarische Firma Kaliakras Ltd. zwar mit einer englischen Website vertreten war und im Netz offenbar einiges Ansehen genoss, über die chinesische BTPool Corporation dagegen nur spärliche Informationen zu finden waren, die sich in undurchsichtigen Verästelungen verloren. Einigen Quellen zufolge war sie eine Filiale der ViaBTC, andere Quellen wiesen auf eine Verbindung mit der Bitmain Technologies Holding hin, des größten chinesischen Herstellers von Mining-Hardware. Welche Rolle genau die XO-BR Consulting spielte, blieb im Dunkeln.

Mit der Zeit wartete ich immer ungeduldiger auf diese Gespräche, die mich aus dem täglichen Einerlei meiner Arbeit herausholten, die sich mit der Zukunft bestimmter

Industrien befasste, zum Beispiel so verführerischer Branchen wie Fairtrade-Textilien oder Buntmetalle. Ich ertappte mich dabei, auf das nächste Treffen zu lauern, es sogar ungeduldig zu erwarten, ich schaute ständig auf mein Telefon, verging vor Langeweile im Büro, wenn ich über mehrere Tage hinweg keinen Anruf erhielt. Ich hatte natürlich die Gefahr im Hinterkopf, die solche Treffen für mich bedeuten könnten, blieb weiterhin vorsichtig. Aber ich wollte diese Treffen fortsetzen, um die Rollen besser zu verstehen, die die Protagonisten in diesem Spiel über drei Banden spielten. Nach und nach gelang es mir, die Fäden dieser kompliziert verwurstelten Perücke geduldig zu entknoten, und ich konnte jedem der Beteiligten seine Aufgabe zuordnen. Soweit ich es verstanden hatte, bestand die offizielle Funktion der XO-BR Consulting darin, zwischen der bulgarischen Kaliakras Ltd. und der chinesischen BTPool Corporation bei der Anschaffung der Mining-Maschinen zu vermitteln. Für eine solche Akquisition war das tatsächlich notwendig, denn der Kauf durfte nicht direkt von einem außereuropäischen Lieferanten erfolgen, in diesem Fall von einem chinesischen, da die Kommission nur Firmen mit Sitz innerhalb der Europäischen Union förderte. Bei einer solchen Transaktion nun kam die XO-BR Consulting als Repräsentantin der Interessen der bulgarischen Kaliakras Ltd. ins Spiel, um in ihrem Namen die Mining-Computer in China zu kaufen, Hardware, die die Kaliakras Ltd. dann anschließend an die Europäische Kommission im Rahmen der vorliegenden Ausschreibung weiterverkaufen würde. Aber ich verstand nicht, in welchem Verhältnis die XO-BR Consulting zu der chinesischen BTPool Corporation stand. Arbeitete sie auch im Auftrag der BTPool Corporation? Vertraten sie auch deren Interessen? Oder anders gesagt: Spielte John Stavropoulos ein doppeltes Spiel?

Die Art und Weise, in der bislang unsere Begegnungen vonstattengingen, wir verabredeten uns im gedämpften und wispernden Halbdunkel anonymer Bars großer Brüsseler Hotels, unterschied sich wesentlich von den sonstigen Terminen, die ich in meiner Funktion innerhalb der Europäischen Kommission wahrnahm. John Stavropoulos, der geschmeidig und gewandt in diesem Tanz führte, war zu meinem wichtigsten Gesprächspartner geworden, genauer gesagt zum einzigen, die anderen verblassten mehr und mehr an seiner Seite zu Statisten oder Komparsen. Mit seinem ewigen beigen Gabardinemantel und seinem welligen, blonden Haar, das einen Stich ins Rötliche hatte, war John Stavropoulos vom Typ her Schauspieler, eine altmodische, fast anachronistische Erscheinung. Er hatte einen schmalen, an den Enden leicht nach oben gebogenen Oberlippenbart, den er mit den Fingern und Gel gezwirbelt haben musste, um dessen spitzen Enden den letzten Schliff zu geben. Mit seinen aufgedunsenen Lippen, seinem blassen Teint und dem hochmütigen Gesicht erinnerte er an einen von Velázquez gemalten spanischen Monarchen, der verweichlichte Dünkel um sein Kinn herum und sein beleidigter Überdruss, das abgehoben Aristokratische zeugten von einer etwas stumpf gewordenen Gerissenheit. Immer wenn er einen mit seinen hervortretenden Augen direkt ansah, konnte man fürchten, er würde einen auf dem Sofa hypnotisieren wollen. Dann entspannten sich seine Züge wieder, und er schenkte einem ein Rattenfängerlächeln, das den harten, seine Miene noch wenige Momente zuvor beherrschten Ausdruck dahinschmelzen ließ. Es gab wohl nicht viele von seiner Sorte, die in der Lage waren, Menschen ein derartiges Vertrauen einzuflößen und eine solche weltläufige, gesellige, für persönliche Gespräche und geschäftliche Vertraulichkeiten förderliche Atmosphäre herzustellen. Er zeigte sich in jeder Hinsicht geduldig, konziliant und verständnisvoll. Er erriet immer meine Vorbehalte, bevor ich sie äußerte, verstand sie und nahm sie gnädig hin, ohne dass irgendetwas von dem je ausgesprochen worden wäre, was er von mir wollte (ohne dass es ihm bis zu diesem Zeitpunkt gelungen wäre), das war ein einfaches mündliches Einverständnis, ein informelles Versprechen, nichts Schriftliches, keine Spuren, kein Vertrag, keine Unterschrift. Tatsächlich hatte ich zu keiner Zeit ernsthaft daran gedacht, auf sein Angebot einzugehen. Auch wenn er mir versicherte, die europäische Rechtsprechung skrupulös zu befolgen und in strikter Rechtmäßigkeit zu handeln – in strikter Rechtmäßigkeit, das betonte er nachdrücklich –, so war seine Art, immerfort mit der Fahne der Rechtmäßigkeit herumzuschwenken, mehr noch, der strikten Rechtmäßigkeit (für ihn war, wie ich vermute, die strikte Rechtmäßigkeit legaler als die normale Rechtmäßigkeit), nicht wirklich überzeugend. Aber ich machte die Tür nie ganz zu. Ich sagte nicht nein, ich beobachtete, spielte auf Zeit. Angesichts meiner Unschlüssigkeit schlug John Stavropoulos, der über die Mittel verfügte, mir vor, doch selbst nach Sofia zu reisen und dann weiter nach China, um dort die Manager beider Firmen zu treffen. Im Geschäftsleben, und das gelte für die ganze Welt, ersetze nichts den zwischenmenschlichen Kontakt, erklärte er mir, man müsse immer die persönlichen Beziehungen in den Vordergrund stellen, es sei sehr wichtig, dass Leute sich kennenlernten. Ich antwortete ihm kühl, dass es außer Frage stehe, wen auch immer von der Kaliakras Ltd. zu treffen, und erinnerte ihn daran, dass mir während der Zeit der Ausschreibung jeglicher Kontakt mit einer für eine Förderung in Frage kommenden Firma nicht gestattet war, was im Falle der Kaliakras Ltd. ja durchaus der Fall sein dürfte. Was er zugestehen musste. Nach einer kurzen Zeit des Nachdenkens bemerkte er aber, es würde mich dann ja nichts daran hindern, die chinesischen Manager zu treffen. Er fügte hinzu, dass er einen persönlichen Draht zu Gu Zongqing habe, den geschäftsführenden Direktor der BTPool Corporation, der sicherlich für ein Treffen mit mir in Dalian bereit wäre, um mir seine technischen Anlagen vorzuführen. Und, um mich vollends zu überzeugen, führte er nochmals ins Feld, dass die BTPool Corporation nichts mit der Ausschreibung der Kommission zu tun habe. Es gebe also für mich keinerlei Risiko eines Interessenkonflikts. Nicht wahr? Darf ich also für Sie ein Treffen in Dalian vereinbaren?, fragte er in einem heiteren Ton, als hätte er mich gerade auf einen zweiten Kaffee eingeladen.

John Stavropoulos war ein sympathischer Mensch, er hatte etwas Überzeugendes und Verführerisches. Er war einer von denen, die im wirklichen Leben den Eindruck vermitteln, sich in einem Universum der Fiktion zu bewegen, und seine romanhafte Gegenwart mir gegenüber schien aus der Szenerie des Hotels Thon Hotel Bristol Stephanie, in dem er sich mit mir an diesem Tag verabredet hatte, so völlig herauszufallen. Es war ein unwirklich erscheinendes Hotel in der Avenue Louise, die Gäste waren meist aus dem Mittleren Osten. Aber zu dieser Stunde waren die Räume leer. Wenn wir uns trafen, versuchte John Stavropoulos die geschäftliche Seite in den Hintergrund zu rücken und mich auf ein persönlicheres, fast privates Terrain zu lotsen, so als ob zwei alte Freunde von der Universität einmal die Zeit für einen Kaffee zwischen zwei Terminen gefunden hätten. Er verstand es, Wogen zu glätten, und ließ gerne das eine oder andere Mal eine persönliche Anspielung einfließen, zögerte niemals, um die Komplizenschaft zu verstärken, die er zwischen uns herzustellen versuchte. Zum Beispiel erwähnte er das Netzwerk Futuribles International, für das ich in den 1990er Jahren gearbeitet hatte, bevor ich zur Europäischen Kommission gewechselt war. Und wie groß war meine Überraschung, als er von einem Satz zum anderen wie beiläufig vom Englischen ins Französische wechselte und mir in seinem unmöglichen Akzent von der *»roue sainte gai home«* erzählte (im ersten Moment hatte ich nicht einmal verstanden, dass er von der Rue Saint-Guillaume sprach). Ich habe sogar vergessen, was er vorher gesagt hatte, die Rue Saint-Guillaume schien urplötzlich und ohne schlüssigen Zusammenhang in unserem Gespräch aufgetaucht zu sein. Ich blieb bewegungslos sitzen, mein Blick wurde starr. Ich war an diesem regnerischen Oktobernachmittag hier in Brüssel in Begleitung von John Stavropoulos in einem Salon des Thon Hotel Bristol Stephanie, verharrte in nachdenklicher Stimmung, während langsam Erinnerungen an meine Jugend in Paris in mein Gedächtnis eindrangen. Denn die Rue Saint-Guillaume hatte für mich, mehr noch als für irgendeinen anderen ehemaligen Studenten der Sciences Po, eine ganz besondere Bedeutung, da sie mir sowohl die Nummer 27 der Rue Saint-Guillaume in Erinnerung rief, wo sich das Institut der Politikwissenschaften befindet und wo ich studiert hatte, aber sie beschwor vor allem für mich, und nur für mich allein – und wie konnte John Stavropoulos das wissen? – Erinnerungen an das Haus mit der Nummer 12, in dem ich von den 1970er Jahren an mehr als fünfzehn Jahre mit meinen Eltern lebte.

Genau unter dieser Adresse, in der Rue Saint-Guillaume Nummer 12 hatten sich nämlich meine Eltern Mitte der 1970er Jahre niedergelassen, die ganze Familie hatte Brüssel verlassen, wo wir bis dahin gewohnt hatten, um nach Paris zu ziehen, weil mein Vater einen Ruf an die UNESCO bekam. Es ist mir schleierhaft, wie John Stavropoulos Kenntnis von diesem Detail meiner Biographie hatte bekommen können, aber seine Erwähnung der Rue Saint-Guillaume, ob schlichte Andeutung oder kalkulierte Anspielung, brachte mich aus dem Konzept. Ich hatte das unangenehme Gefühl, er hätte diesen Wink mit dem Zaunpfahl gezielt eingesetzt, um mir deutlich zu machen, dass er nicht nur alles über mich wusste, sondern es ihm auch darauf ankam, mich das wissen zu lassen, um mir klarzumachen, dass ich in meiner Wahl, seinen Vorschlag anzunehmen oder nicht, vielleicht doch weniger frei war, als ich es bis dahin angenommen hatte. Zum ersten Mal wurde mir in solcher Deutlichkeit bewusst, dass hinter all seiner Redseligkeit und Konzilianz etwas Eisiges in John Stavropoulos' Haltung steckte. Er hatte sich im Vorfeld unserer Treffen über mich erkundigt, das stand fest. Akribisch musste er über meine Vergangenheit Erkundigungen eingezogen haben und kannte viele Details aus meinem Privatleben (vielleicht sogar mehr, als ich vermuten konnte), und er würde nicht zögern, sie gegen mich zu verwenden, wenn es nötig werden würde. Aber noch mehr Unbehagen bereitete mir, dass er bei eben jenem Treffen noch eine Bemerkung über meinen Vater fallen ließ, die mir unpassend erschien, sogar unschicklich. Es stimmt, mein Vater war für mich ein heikles Thema (und sicherlich nicht nur für mich, es gilt für die meisten Vater-Sohn-Beziehungen). Wir waren in unserem Gespräch wieder auf die Politik der Forschungsförderung zurückgekommen und gingen all jene öffentlichen Organisationen durch, die in Europa solche Fördertöpfe unterhalten, als John Stavropoulos ziemlich direkt auf meinen Vater zu sprechen kam. Jean-Yves Detrez, das ist doch Ihr Vater, nicht wahr?, fragte er mich plötzlich. Meinen Sie, es wäre denkbar – und er unterbrach sich sofort, vielleicht wegen meines schwarzstarr gewordenen Blicks. Ich verstand, er wollte bei aller Vorsicht und ohne ausdrücklich eine unangemessene Bitte zu formulieren, das Terrain sondieren, um zu sehen, ob es nicht möglich war, auch meinen Vater mit in die Sache hineinzuziehen – meinen Vater, der früher einmal der für Forschung und Bildung zuständige Europakommissar gewesen war. Aber er fing sich sofort wieder und fuhr mit der Unterhaltung fort. Wie geht es Ihrem Vater, fragte er mich, lebt er noch? Ich bejahte, mein Vater lebt noch und, ohne weiter darauf einzugehen und um diese Ebene zu verlassen, das Thema unseres Gesprächs zu wechseln, sagte ich trocken, wie mechanisch, mit einer der Situation perfekt angemessenen Formel, es geht ihm gut.

In den Tagen nach diesem Treffen hörte ich nichts mehr von John Stavropoulos. Ich vergrub mich wieder in meine tägliche Arbeit, verbrachte lange Tage im Büro, bearbeitete meine Unterlagen, langatmige Studien über die Sicherheit von Lebensmitteln oder künftige Tendenzen der Migration. Ich versah die aktuellen Dossiers mit Anmerkungen, empfing das Team in meinem Büro. Zu dieser bereits beträchtlichen Arbeit kam die Vorbereitung der Arbeitsgruppe, die sich mit der Auswertung der ersten Ergebnisse unserer Delphi-Befragung zum Quantencomputer befassen sollte. Diese Untersuchung zur Quantentechnologie wurde gemeinsam mit einer Einheit durchgeführt, die ihre Basis in Ispra in Italien hatte und mit der wir in Fragen der Datensicherheit zusammenarbeiteten. Ich fuhr normalerweise ein- oder zweimal im Jahr dorthin, das Gelände, das der Gemeinsamen Forschungsstelle für Wissenschaftliche Beratung gehört, umfasst etwa hundert Gebäude und Laboratorien, die verteilt sind auf einem mehrere Hektar großen, abgesicherten Gelände etwas außerhalb des Dorfs am Ufer des Lago Maggiore. An die zweitausend Leute arbeiten hier,

EU-Beamte, Forscher und Wissenschaftsexperten aus ganz Europa. Da mein Terminkalender bereits übervoll war und ich mir in der kommenden Woche keine Dienstreise nach Ispra erlauben konnte, erledigte ich alles für die Vorbereitung der Arbeitsgruppe Nötige in Videokonferenzen. Etwa zwanzig Teilnehmer wurden in Brüssel zu dieser Arbeitsgruppe über den Quantencomputer erwartet, die in unseren Räumen stattfinden sollte, und als Einladende oblag es uns, die Abwicklung und Organisation sowie die Vorbereitung der Tagesordnung des Treffens zu übernehmen.

Ich arbeitete den ganzen Tag an der Zukunft. Die Zukunft war für mich ein völlig abstrakter Begriff geworden, ein einfacher Begriff, Datenmaterial letztlich, das ich mit den Werkzeugen, die mir zur Verfügung standen, in meine Arbeit integrierte, um von ihr ein Modell zu erstellen und sie in spekulativer Weise zu bearbeiten, in einem abgegrenzten Rahmen und nach präzisen Regeln. Ich war ein Experte für die Zukunft geworden, aber einer für die Zukunft der Lebensmittelversorgung, für die Zukunft der Nato – für die Zukunft der Welt, aber niemals für meine eigene Zukunft. Hätte man mich zu diesem Zeitpunkt gebeten, einen Augenblick über meine eigene Zukunft nachzudenken, darüber, was die nächsten Monate oder Jahre für mich bereithielten, hätte man mich gefragt, was mir die Zukunft bringen würde, was ich in zwanzig Jahren sein würde oder auch nur in zwei Jahren, ich wäre zu keiner Antwort fähig gewesen. Ich hatte das Gefühl, keine eigene Zukunft mehr zu besitzen. Seitdem die Ehe mit Diane schwierig geworden war, erschien mir mein eigener Horizont unwiderruflich blockiert. Seit Monaten fühlte ich mich wie festgefahren in einer ewigen Gegenwart. Diane und ich sprachen nicht mehr miteinander, wir sprachen nicht mehr seit dem Sommer (und selbst davor nicht, ich frage mich, ob wir je einmal miteinander gesprochen haben). Unsere Beziehung hatte sich im Laufe der Jahre Schritt für Schritt aufgelöst. Unsere Ehe, oder was davon übriggeblieben war, brach schließlich auseinander. Gut zwei Jahre schon hatten wir nebeneinander her gelebt, wie Schatten, als Fremde, in der großen Wohnung in der Rue Belle-Vue, mit Thomas und Tessa, unseren Zwillingen, die in die Grundschule gingen, und teilten sie uns für die Ferien auf (jeder von uns könnte je einen der beiden übernehmen, hatte ich vorgeschlagen, was Diane nicht zum Lachen fand, sie hatte mich nur fassungslos angeschaut). Nein, ich brachte Diane nicht zum Lachen, überhaupt nicht, sie hatte schon längst vergessen, dass ich sie überhaupt einmal zum Lachen habe bringen können. Dann am Sommeranfang, in einem Aufbäumen meiner Energie und um irgendetwas zu machen, zu reagieren, als ob ich mich plötzlich schütteln musste, um mich aus dieser tödlichen Apathie zu befreien, in die ich mich hatte hineintreiben lassen, hatte ich im selben Viertel eine neue Wohnung für mich gesucht und auch gefunden, eine Einzimmerwohnung an der Place du Châtelain. Seit September lebte ich allein in dieser Wohnung. Diane war nicht mehr meine Zukunft.

Mein letztes Treffen mit John Stavropoulos nahm eine unerwartete Wendung. Ich war in meinem Büro, als eines Morgens das Telefon in meiner Hosentasche vibrierte und eine eingehende SMS meldete. Da ich nicht allein im Zimmer war, wartete ich mit dem Lesen der Nachricht, bis mein Besucher gegangen war. John Stavropoulos hatte mir geschrieben: »Sofitel Brussels Europe 4 p.m.?« Typisch er, dachte ich, eine so kurze und prägnante Frage, ob ich an diesem Nachmittag frei wäre, um mit ihm ein Glas im Sofitel an der Place Jourdan zu trinken, weil er mir etwas Wichtiges mitzuteilen hätte. Alles das ausgedrückt in der lakonischen Botschaft »Sofitel Brussels Europe 4 p.m.?« Diese Nachricht hatte nichts von einem Befehl, weder war es eine Aufforderung noch eine Vorladung, das Fragezeichen am Ende ließ mir einen gewissen Spielraum, erlaubte mir sogar, die Einladung abzulehnen, für den Fall, dass ich nicht frei wäre oder ihn nicht sehen wollte. Ich stellte mir natürlich die Frage, was John Stavropoulos Neues für mich hätte, und dieser Gedanke beschäftigte mich den ganzen Vormittag. Ich erinnerte mich am Nachmittag wieder daran. Ich hatte einen Termin in meinem Büro um 15.00 Uhr mit einem

Spezialisten für Quantentechnologie. Aber danach stand in meinem Kalender glücklicherweise kein weiterer Termin und auch keine andere professionelle Verpflichtung, und nachdem ich gegen 15.30 Uhr meinen Besuch zum Aufzug begleitet hatte, zog ich meinen Mantel an und sagte meiner Assistentin, ich würde gehen und sicherlich an diesem Tag nicht mehr ins Büro zurückkommen. Ich verließ das Gebäude und lief zu Fuß in Richtung Place Jourdan. Es regnete. Langsam schritt ich unter meinem Regenschirm einher und fragte mich immer wieder, was John Stavropoulos mir wohl mitzuteilen hatte.

Als ich die Bar des Sofitel betrat, erkannte ich John Stavropoulos sofort, er hatte sich erhoben und winkte mir aus der Entfernung zu, um auf sich aufmerksam zu machen. Er war in Begleitung von Dragan Kucka, die beiden Männer saßen nebeneinander auf einem Kanapee vor einem niedrigen Tischchen, auf dem ihre Kaffeetassen standen. John Stavropoulos hatte seinen Gabardinemantel ausgezogen und neben sich auf die Armlehne des Kanapees gelegt. Neben ihm hielt Dragan Kucka eine elektronische Zigarette in der Hand, sie war ausgeschaltet, dünstete dennoch einen Übelkeit erregenden schlechten Geruch nach desinfizierter Kokosnuss aus. Die Bar des Sofitel war an diesem frühen Nachmittag so gut wie ausgestorben, ein untätiger Barkeeper döste hinter seinem Tresen. Ich ging zu ihnen hin und nahm ihnen gegenüber in einem

Sessel Platz. Durch die großen Fensterscheiben erahnte man die Place Jourdan im Nieselregen. In einigen Cafés brannten ein paar Lichter, ein Auto parkte im Herbstgrau. John Stavropoulos teilte mir mit, dass er zwei gute Neuigkeiten für mich hätte. Die erste, er habe mit Gu Zongqing telefoniert, dem geschäftsführenden Direktor der BTPool Corporation. Er habe auch die Gelegenheit gehabt, mit ihm über mich zu sprechen, offenbar mit besten Ergebnissen, denn Gu Zongqing sei hocherfreut, meine Bekanntschaft zu machen. Er erwartet Sie in Dalian Anfang des Jahres, sagte er mir, sichtlich zufrieden mit seiner Ankündigung. Ich sagte darauf nichts. Dragan Kucka, der weiter am Mundstück seiner ausgeschalteten elektronischen Zigarette herumgelutscht hatte, antwortete an meiner Stelle und sicher auch mit der Emphase, die man von mir erwartet hatte, es sei doch eine wunderbare Gelegenheit, die man beim Schopfe packen müsse (schon ein Vorteil, wenn man zu zweit ist und sich die Bälle zuwerfen kann). Ich sagte noch immer nichts. Ich wartete auf das, was noch kommen würde. Ohne sich durch meine fehlende Begeisterung aus dem Konzept bringen zu lassen, spielte John Stavropoulos sein zweites Ass aus. Nach Rücksprache mit seinen Vorgesetzten habe er das Vergnügen, mir mitteilen zu können, dass sämtliche Kosten für Reise und Übernachtung in China von der BTPool Corporation übernommen würden. Unser Gespräch begann eine Wendung zu nehmen, die mir unangenehm war.

Die Karten, die er wie ein abgewirtschafteter Taschenspieler vor mir aus seinem Ärmel purzeln ließ, waren gezinkt, ich erkannte ihre wahre Natur, sie waren armselig, alles war eine oberfaule Täuschung. Denn wie sonst sollte man die Tatsache benennen, mir eine Auslandsreise anzubieten, bei der sämtliche Kosten bezahlt waren, mir, einem Europabeamten in Ausübung seiner Funktionen – wenn nicht als Korruptionsversuch? Das Lächeln war mir vergangen, mein Blick hatte sich verdüstert. Ich fühlte mich mit einem Mal miserabel. Ich hatte, was mein Berufsethos anbelangt, schon immer einen geschärften Sinn. Ich hatte das von meinem Vater geerbt, diesem aufrechtesten und integersten Mann, den man sich vorstellen kann. Ich wusste indes genau, dass ich mir nichts vorzuwerfen hatte. Ich hatte niemals Geld angenommen und ich würde es auch niemals annehmen. Doch allein schon die einfache Tatsache, diese beiden Mittelsmänner in meine Nähe gelassen und sie über Wochen hinweg getroffen zu haben, ohne jemanden aus meinem Team oder meinen Vorgesetzten ins Vertrauen gezogen zu haben (ich hatte keine Kollegen informiert, niemand wusste, dass ich die beiden traf), dieses Versäumnis brachte mich in die Bredouille. Meine Haltung hatte mit Sicherheit nichts Unrechtmäßiges, konnte aber als moralisch bedenklich bewertet werden. So sah ich es im Moment, so hätte es auch mein Vater gesehen, wenn er von dieser Situation erfahren hätte. Immer wieder gingen mir diese düsteren Gedanken durch den Kopf, ohne etwas zu erwidern, starrte ich durch die Glasfront auf die Place Jourdan. Mehr als je zuvor spürte ich, dass dies mein letztes Treffen mit John Stavropoulos gewesen war. Trotz meiner immer noch bestehenden Neugier, trotz meines nicht nachlassenden Verlangens, mehr zu erfahren, würde ich zweifelsohne genau hier abbrechen und unserer Beziehung ein definitives Ende setzen. Was bedeutete, dass dies auch mein letztes Rendezvous mit John Stavropoulos sein würde. Aber nicht, wie ich das dachte, niemals hätte ich in diesem Moment den weiteren Verlauf der Ereignisse vorhergesehen.

Es fiel kein Wort mehr über die Reise nach China. Ich glaube, John Stavropoulos hatte begriffen, dass ich die Einladung niemals annehmen würde und es sinnlos war, zu insistieren. Er war sich instinktiv sicher genug, zu wissen, bis zu welchem Zeitpunkt man auf etwas drängen konnte und ab wann besser nicht mehr. Dragan Kucka seinerseits sagte nichts, begnügte sich auf dem Kanapee damit, weiter etwas prätentiös am Mundstück seiner ausgeschalteten elektronischen Zigarette herumzulutschen. Unser Gespräch dauerte noch etwa zehn Minuten. Wir hatten uns nichts mehr zu sagen. Wir hatten unseren Kaffee ausgetrunken, die Konversation geriet ins Stocken. Unser Treffen ging seinem Ende entgegen. Dragan Kucka erhob sich als Erster, zog seinen Mantel an und ging zum

Tresen und fragte den Barkeeper nach den Toiletten. Der Barmann erklärte ihm, er müsse aus der Bar gehen und sich in der Hotelhalle dann links halten, er brauche dafür aber einen Schlüssel, und er reichte ihm eine Magnetstreifenkarte. John Stavropoulos blieb noch eine Weile mit mir sitzen, folgte mit seinem Blick geistesabwesend Dragan Kucka beim Verlassen der Bar. Dann stand auch er auf, unser Treffen war beendet. Er schien nachdenklich zu sein, es war klar, dass sich die Dinge nicht so entwickelt hatten, wie er es sich erhofft hatte. Sorgfältig streifte er seinen Gabardinemantel über, beugte sich zu dem kleinen Tischchen und sammelte die beiden Kassenbons auf, seinen und meinen, und sagte, er würde mich einladen. Er sagte es auf ziemlich bestimmende Weise, mit hartem Blick, als wollte er eine symbolische Kraftprobe mit mir veranstalten. Bis dahin hatte ich mich nie einladen lassen. Ich hatte es immer zurückgewiesen, wenn er mich einladen wollte, und sei es auch nur auf einen Kaffee. Ich hatte aus Prinzip immer darauf geachtet, meinen Teil selbst zu zahlen. Aber er ließ mir nicht die Zeit zu protestieren, er stellte mich vor vollendete Tatsachen. Er stand vor mir mit den beiden Kassenbons in der Hand, und ich dachte, das war nun das letzte Mal (glaubte ich), dass ich mit ihm zu tun hätte, und ich könnte in diesem Punkt einmal nachgeben und ihm dieses kleine Vergnügen der Eigenliebe lassen, mir einen Kaffee zu spendieren. Er steckte seine Hand in die Tasche und zog ein dickes Bündel Geldscheine heraus, es mussten gut und gerne zwanzig 50-Euro-Scheine gewesen sein. Mein Blick blieb auf dem Bündel hängen, und als John Stavropoulos das bemerkte – Bargeld zeigt man nicht so prahlerisch –, besann er sich plötzlich und steckte das Bündel wieder zurück, fummelte unauffällig und mit harmloser Miene aus der Tiefe der Tasche einen einzelnen 50-Euro-Schein heraus an die Luft. Wenn er eines Tages versuchen würde, mich zu bestechen, das Geld würde mit Sicherheit diskreter den Besitzer wechseln, vermutlich vor allen Blicken verborgen in einem verschlossenen Umschlag, den er mir heimlich zustecken würde. Er ging zur Bar, um unsere Getränke zu bezahlen. Ich erinnere mich noch präzise, wie es weiterging, ich habe es mir später mehrfach wieder ins Gedächtnis gerufen, um genau zu rekonstruieren, wie die Dinge abgelaufen waren. John Stavropoulos wartete an der Bar auf sein Wechselgeld. Dragan Kucka tauchte wieder auf und gab dem Barkeeper die Magnetstreifenkarte zurück. Dann verabschiedeten die beiden sich von mir. Denken Sie noch einmal darüber nach, das Angebot steht weiter, sagte mir John Stavropoulos, als er mir die Hand schüttelte, sie gingen davon, ich sah sie durch die Tür der Bar in die Hotelhalle gehen. Und erst in diesem Augenblick bemerkte ich, dass auf dem Teppich ein USB-Stick lag.

Ich hatte mich wieder in den Sessel gesetzt, den USB-Stick hatte ich nicht vom Boden aufgehoben. Er lag vor mir, schwarz auf dem dunklen Anthrazit des Teppichbodens, an der Stelle, an der John Stavropoulos aufgestanden war und das Geldbündel aus der Hosentasche gezogen hatte (in diesem Moment muss er sicher aus seiner Tasche gefallen sein). Es war ein älteres Modell mit einem einklappbaren Stecker, kaum wahrnehmbar, dort fallengelassen auf dem Teppichboden. Ich warf einen schnellen Seitenblick zum Tresen, wo der Barkeeper sich an der Kasse zu schaffen machte. Dann drehte ich mich ganz im Sessel herum, um durch die offenstehende Tür der Bar die Hotelhalle des Sofitel im Blick zu haben. Die Drehtür am Haupteingang war menschenleer, keine Spur mehr von den beiden Männern, sie hatten soeben das Haus verlassen. Ich warf erneut einen Blick hinüber zum Barkeeper, er achtete nicht auf mich, und mit einer schnellen Bewegung beugte ich mich nach unten und hob den USB-Stick auf. In derselben Bewegung ließ ich ihn geschickt zwischen meinen Fingern verschwinden und schloss die Hand, um ihn vor Blicken zu verbergen. Ich richtete mich wieder im Sessel auf, drehte mich, plötzlich nervös geworden, nochmals hastig zur Hotelhalle des Sofitel, aus Sorge, die beiden Männer zurückkommen zu sehen. Wenn sie, statt das Hotel sofort zu verlassen, sich noch einen Moment in der Halle aufgehalten hätten, hätten sie sehr wohl meine Aktion beobachten können, und ich würde sie gleich vor mir auftauchen sehen, um eine Erklärung von mir zu verlangen. Ich wagte nicht, mich zu rühren, blieb weiter steif sitzen mit dem USB-Stick in meiner rechten Hand. Ich warf einen Blick durch die großen Fensterscheiben auf die Place Jourdan, und da sah ich die beiden Männer wieder, wie sie im Regen die Straße überquerten. Sie schlängelten sich zwischen den Autos hindurch, ein gutes Dutzend waren dort geparkt. Dragan Kucka streckte den Arm aus, um von weitem die Türen eines silbergrauen Mercedes zu entriegeln, in dem sie beide Platz nahmen. Eine Stimme hinter mir ließ mich zusammenschrecken, es war der Barkeeper, der mich fragte, ob er abräumen dürfe. Ich nickte stumm und sah ihm zerstreut zu. Als ich wieder aus dem Fenster sah, stand der Mercedes noch immer am selben Platz, er hatte sich nicht bewegt, man konnte jetzt hinter der Windschutzscheibe im Inneren den Schatten der beiden Männer erahnen. In diesem Moment spürte ich mein Telefon vibrieren, ich spürte es brühend heiß gegen meinen Schenkel vibrieren, gebieterisch und repetitiv vibrierte es in meiner Hosentasche, jemand versuchte mich zu erreichen. Ich holte das Telefon aus meiner Tasche und hielt es vor meine Augen, auf dem Display sah ich die Initialen von John Stavropoulos. Bevor ich den Anruf entgegennahm, bevor ich ein Wort sagte, drehte ich mich nochmals zum Fenster und schaute hinüber zum silbergrauen Mercedes, der dort immer noch parkte. Ich kniff meine Augen zusammen, um auf die Entfernung besser sehen zu können, und erriet im Halbdunkel hinter der regennassen Windschutzscheibe, über die die Scheibenwischer langsam hinwegwischten, die Silhouette des telefonierenden John Stavropoulos. Instinktiv drückte ich mich tiefer in meinen Sessel, um zu verhindern, dass er mich hinter den Scheiben der Bar sehen konnte (wenn ich ihn sehen konnte, dann müsste auch er mich sehen können, er musste seinen Blick nur in die richtige Richtung lenken). Hallo, sagte ich. Aus den Tiefen des Telefons hörte ich die erstickte Stimme von John Stavropoulos, der mich ohne lange Vorrede fragte, ob ich nicht einen USB-Stick gefunden hätte. Ich weiß nicht, was mich damals ritt, aber ich antwortete ihm mit Nein. Nein, sagte ich. Aber ich sei immer noch in der Bar des Sofitel, fügte ich hinzu, ich werde nachsehen, und ich erhob mich von meinem Sitz, als sei es das Natürlichste der Welt, und inspizierte mit meinem Telefon am Ohr den Teppichboden um mich herum, tat so, als würde ich nach dem USB-Stick suchen, den ich immer noch in der Hand hielt. Ich kniete mich nieder, um unter dem Kanapee nachzuschauen, auf dem die beiden Männer noch wenige Augenblicke zuvor gesessen hatten. Ich suchte demonstrativ sichtbar, dieses Mal nicht in Sorge, dass der Barkeeper auf mich aufmerksam werden könnte. Im Gegenteil, falls er mich fragen würde, ob ich etwas verloren hätte, hätte ich ihm die Situation geschildert und ihn gebeten, mir bei der Suche zu helfen (aber der Barkeeper blieb untätig hinter seinem Tresen stehen). Ich schaute ein letztes Mal unter den kleinen Tisch. Nein, ich sehe nichts, sagte ich am Telefon zu John Stavropoulos. Wie sah denn Ihr USB-Stick aus? Er fing an, mir den USB-Stick zu beschreiben, den ich immer noch in meiner Faust hielt. Ein schwarzer Schlüssel der Marke Cruzer, sagte er. Nein, sehe ich nicht, sagte ich. Sind Sie sicher, dass Sie ihn hier verloren haben? Ohne ein weiteres Wort zu verlieren, beendete er das Gespräch. Ich steckte mein Telefon mit abwesendem Blick weg, voller Panik über das, was ich gerade getan hatte. Ich beobachtete immer noch den silbergrauen Mercedes, der weiter vor der Fensterfront parkte, als plötzlich mein Herz schneller schlug. Eine Wagentür öffnete sich, und ich sah John Stavropoulos aussteigen. Er kam mit energischen Schritten durch den Regen auf mich zu. Er hatte den Kragen seines Gabardinemantels hochgeschlagen und ging in Richtung des Hotels. Er schaute nicht zu mir hin, er schaute kein Mal zu mir hin. Er kam immer näher, war jetzt noch etwa dreißig Meter vom Hotel entfernt. Und da ich nicht wusste, was ich tun oder wo ich den USB-Stick verstecken konnte, ich wollte ihn nicht in der Hand halten, wenn er hier aufkreuzte, ließ ich ihn überstürzt in meiner Manteltasche verschwinden, stopfte meine Handschuhe und den Schal darüber und wartete auf die unmittelbar bevorstehende Rückkehr von John Stavropoulos in die Hotelbar. Ich wusste, er würde jeden Moment auftauchen, sich mir gegenüber auf das Kanapee setzen und sich nach vorne beugen, die Hände falten und mich direkt ansehen, ohne etwas zu sagen, würde er mich still mit seinen Inquisitorenaugen ansehen. Aber ich wusste auch, dass er mich unmöglich in die Enge treiben konnte. Er konnte mir gar nichts, ich musste bloß einen kühlen Kopf bewahren und ruhig weiter abstreiten, jemals diesen USB-Stick gesehen zu haben, er würde wohl kaum meine Taschen durchsuchen. Ich bereitete mich auf sein Kommen vor. Aber dann sah ich, wie er im letzten Moment nach links abbog und aus meinem Gesichtsfeld verschwand. Er war verschwunden. Er war offenbar doch nicht zum Hotel gegangen, jedenfalls nicht auf dem kürzesten Weg. Aber vielleicht machte er einen Umweg, einen Bogen, um mich unvermutet von hinten zu überraschen. Mich hielt es nicht mehr auf meinem Platz. Dieser kurze Moment, in dem er völlig aus meinem Blickfeld verschwunden war und ich keine Idee hatte, wo er war, war für mich das Schlimmste. Die Bedrohung war diffus, sie konnte von überall her kommen, jeden Moment da sein. Aber dann sah ich ihn wieder, er ging in entgegengesetzter Richtung zurück zum Wagen. Vermutlich hatte er nur etwas eingekauft, er hielt eine Zeitung in der Hand, die ich vorher nicht bemerkt hatte. Er stieg nicht sofort in den Mercedes, sondern lief um ihn herum, öffnete den Kofferraum. Kam zurück mit einem hartschaligen Aktenkoffer, nahm wieder neben Dragan Kucka auf dem Beifahrersitz Platz. Aber der Mercedes fuhr immer noch nicht los. Eine weitere Minute verstrich, ich wagte nicht aufzubrechen, wagte nicht, das Hotel zu verlassen, bevor der Wagen nicht verschwunden war, aus Furcht, mich auf offenem Terrain ihren Blicken auszusetzen, wenn ich die Straße betrat. Er war wieder am Telefon. Mit wem telefonierte er? Redete er über mich? Hatte er mir geglaubt, als ich ihm sagte, ich hätte den USB-Stick nicht gefunden? Endlich setzte sich der Mercedes in Bewegung, langsam rollte er vom Parkplatz und fuhr an der Hotelfassade vorbei. Für einen kurzen Moment konnte ich auf den Vordersitzen deutlich ihre Gesichter erkennen. Dragan Kucka am Steuer, John Stavropoulos auf dem Beifahrersitz immer noch am Telefon, mit sorgenvoller Miene redete er mit einem unbekannten Gesprächspartner. Das dauerte nur einen kurzen Moment, dann war der Wagen vorbeigefahren. Ich beobachtete noch, wie er sich im Nieselregen entfernte, in die Rue Froissart abbog und in Richtung Europaviertel fuhr.

Es war bereits dunkel, als ich wieder in meine Wohnung an der Place du Châtelain kam. Ich hatte nicht die Deckenleuchte im Wohnraum eingeschaltet, ich blieb im Halbdunkel, nur die kleine Lampe auf dem Schreibtisch brannte. Ich fühlte mich in Sicherheit auf dieser kleinen Insel aus goldenem Licht, das mich vor den Bedrohungen der Außenwelt beschützte. Ich hatte mich an meinen

Schreibtisch gesetzt und musterte den USB-Stick in meiner Hand, er war alt, wies Spuren des Gebrauchs auf, die in die Schale geprägte Aufschrift CRUZER war halb abgerieben. Die Kapazität des Speichers war ebenfalls vermerkt (16 GB), und es gab einen winzigen Ring oder Henkel, mit dem man ihn am Schlüsselbund befestigen konnte. In meiner kleinen Wohnung herrschte absolute Stille. Durch das Fenster vor mir blickte ich auf die Baumkronen der Place du Châtelain. Der rötliche Lichtschimmer der Straßenlaternen fiel in das Zimmer, breitete sich wie eine Lache auf dem Parkett aus und strahlte von den Wänden. Ich steckte den USB-Stick in die Seite meines Computers. Es vergingen etliche Sekunden – und da sich auf dem Bildschirm des Mac rein gar nichts tat, dachte ich zunächst, der Stick sei leer –, bis weit hinten in der Tiefe des dunkelblauen Schirms das grafische Symbol des USB-Sticks erschien, er identifizierte sich als Scan Disk Cruzer UFD 56.

Auf dem Stecker fand sich ein beachtliches Verzeichnis verschiedener Dateien in alphabetischer Reihenfolge, Worddokumente, Excel-Tabellen, JPEGs, PDFs, sowie ein Dutzend Untermenüs, von denen nur die bläulichen Icons erschienen, die atypische und ungewöhnliche Namen hatten. Es ist schon schwierig genug, sich mit den Inhalten seiner eigenen Speichermedien auszukennen, auf denen sich im Laufe der Monate die verschiedensten Dokumente bunt durcheinander abgespeichert haben, wenn man es aber mit einem fremden Gerät zu tun hat, ist es so gut wie unmöglich, auf Anhieb zu verstehen, was sich darauf befindet. Ich klickte mich dem Zufall folgend zwei Stunden lang durch die Masse der Dateien, öffnete die eine oder andere und las aufmerksam Dokumente. Gelegentlich unterbrach ich mich, um mich auf meinem Computer ins Internet einzuloggen, um etwas zu verifizieren oder nach zusätzlichen Erklärungen zu suchen. Es gab Kopien Dutzender E-Mails und Konstruktionspläne, Scans von Verträgen, Rechnungen von Flugzeugtickets, Fotokopien von Ausweisen. Die Mehrzahl der Dokumente war auf Englisch, aber es gab auch solche auf Französisch und sogar auf Russisch (jedenfalls war es ein kyrillisches Schriftsystem, was mich zuerst ans Russische denken ließ, es dürfte aber eher bulgarisch gewesen sein). Mehrere sehr technische Dossiers betrafen offenbar Anträge für Europafördergelder für die Balkanländer, Bulgarien, Rumänien und Griechenland. Ohne die Zeit zu haben, tiefer in die Materie einzusteigen, ahnte ich, dass es hier um Veruntreuungen zu Lasten europäischer Strukturfonds ging, die für Regionen Osteuropas und des Mittelmeers bestimmt waren. Ich fand Konstruktionspläne bulgarischer Industrieanlagen. Wenn meine Vermutungen zutrafen, handelte es sich um Korruption bulgarischer Entscheidungsträger an höchster Stelle. Deren Korrespondenz mit John Stavropoulos gab zwischen den Zeilen zu verstehen, dass die Ansiedlung chinesischer Firmen auf bulgarischem Staatsgebiet nur im Austausch mit Schmiergeldern und dubiosen Provisionen ermöglicht werden sollte, es wurden eindeutig steuerliche Vorteile und subventionierte Strompreise in Aussicht gestellt. Ich verstand zudem – mehrere auf dem USB-Stick gespeicherte Dokumente bewiesen das –, dass die fünfhundert Mining-Maschinen ASIC, die die bulgarische Kaliakras Ltd. über den Umweg der Europäischen Kommission im Rahmen der Ausschreibung der Gemeinsamen Forschungsstelle zu kaufen gedachte, in Wirklichkeit ausschließlich für die Herstellung von Bitcoins gedacht waren und nicht etwa, um neue Potenziale der Blockchain-Technologie zu entwickeln, wie es in den Unterlagen zum Förderantrag für die Europäische Union behauptet wurde, die John Stavropoulos mir übermittelt hatte. Aber die erste wirklich wichtige Entdeckung, die ich machte, betraf eine auf Februar 2016 datierte Rechnung, ausgestellt von der chinesischen BTPool Corporation an die Kaliakras Ltd. über den Kauf von zweihundert Mining-Maschinen der Marke AlphaMiner 88 für eine Gesamtsumme von € 937.530,00. Die Rechnung war ausgesprochen detailliert und führte alle technischen Details der Hardware auf: Hashquote: 14 TH/s; Stromverbrauch: 1.300 kWh; Energieeffizienz: 94J/TH; Nennspannung: 11,60–13,00 V. Maße: 350 mm (B)×158 mm (H)×135 mm (T); Kühlung: 2 Lüfter-Typ 12038. Ich las mir die Rechnung noch einmal durch, sie bewies, dass die Kaliakras Ltd. bereits seit Februar 2016, also noch vor Beginn der öffentlichen Ausschreibung der Gemeinsamen Forschungsstelle für Wissenschaftliche Beratung Mining-Hardware aus China auf verdeckten Wegen gekauft hatte.

Eine Sache fand ich sonderbar, ich hatte noch nie von dieser Maschine AlphaMiner 88 gehört, von der auf der Rechnung die Rede war, und was mich noch mehr überraschte, als ich den Namen eingab, erschien bei Google kein einziger Treffer. Kein einziger. Die erste, eher irreführende Verlinkung führte mich auf eine Website, die online Amphetamine zu verkaufen schien (88 bezog sich auf Seite 88 im Katalog): Alphamine – AnabolicMinds.com – Seite 88. Die Kaliakras Ltd. hatte aber im Februar 2016 für einen Betrag von fast einer Million Euro – ich hatte die Rechnung vor mir – zweihundert Mining-Maschinen gekauft, die nicht existierten oder die jedenfalls nirgends aufgeführt wurden. Es handelte sich dennoch um keine Geistermaschinen, man konnte höchstens annehmen, dass sie in aller Diskretion gekauft wurden. Etwas später stieß ich auf die Lösung, oder zumindest einen Teil der Lösung, als ich eine Fotografie des AlphaMiner 88 auf dem USB-Stick entdeckte. Es handelte sich in der Tat um einen neuen Prototyp, der noch nicht auf dem Markt war. Auf dem Stick fand ich in derselben Datei (die den schlichten Codenamen 88 trug) noch mehr

Fotografien, die fotografische Entsprechung der Konstruktionspläne des Prototyps, die ich zuvor schon gesehen hatte, mit chinesischen Schriftzeichen unterlegte Bilder, die detailliert die Maschine von allen Seiten zeigten, geschlossen oder geöffnet, mit Abbildungen der Hauptplatine und Grafikkarten und sehr genauen Angaben über Kühlung und Verkabelung. Der AlphaMiner 88 war offenbar ein noch geheimer Prototyp, hergestellt in China von dem Industrieriesen Bitmain und im Vertrieb der BTPool Corporation, einer Gesellschaft mit Sitz in Dalian, deren Verantwortliche mir John Stavropoulos vorstellen wollte.

Aber meine zweite Entdeckung war noch spektakulärer. Auf dem USB-Stick fand ich eine Datei nur mit Material zur chinesischen BTPool, das ich aufmerksam durchsah. Es enthielt Kontoauszüge von Betriebsabrechnungen, Statistiken über Kurse der auf dem Markt befindlichen Kryptowährungen, Grafiken, technische Anmerkungen und geschäftliche Briefwechsel auf Englisch und Chinesisch. Ich las das Dossier sorgfältig, ohne zunächst Ungewöhnliches zu entdecken, bis ich wieder zur Datei mit dem Code 88 zurückkam und ein Dokument öffnete, das – eigentlich nichts Besonderes, weil es sich ja um ein neues Modell handelte – das Startprogramm der Maschine beinhaltete, ihren *bootstrap*. Ich hatte also auf meinem Computer den Zugang zum Quelltext des Prototyps, also zu dem Text, der das Programm formal genau beschreibt. Dieser Quelltext ist zwar in Programmiersprache geschrieben, sybillinisch und unzugänglich genug, aber nicht als Binärcode abgefasst, also lesbar für einen Spezialisten und selbst für einen halbwissenden Laien wie mich. Der Code erscheint als Aufeinanderfolge von Textzeilen, gefüllt mit Klammern, Haken, geschweiften Klammern, Markierungen und mit einer farbigen Syntaxhervorhebung in Grün oder Rosa, die auf dem Bildschirm bestimmte Elemente betont und einen Kontrast zu der monotonen schwarzweißen Litanei der Zeilen des Quelltextes bildet. Ich studierte diesen Text gut zwanzig Minuten lang und bemerkte etwas, das mir merkwürdig vorkam. Ich war mir nicht hundert Prozent sicher, aber es schien mir, dass in dem Abschnitt über das Startprogramm des Prototyps eine geheimnisvolle Tür erwähnt wurde, eine Tür, die dort nicht hätte sein dürfen, eine Tür, die grundsätzlich hier nichts verloren hatte und die in mir den Verdacht weckte, dass sich in dem AlphaMiner 88 eine Backdoor verbarg.

Ich öffnete erneut die Datei mit dem Foto des AlphaMiner 88 und betrachtete eine Weile die Maschine, sie war gräulich, hatte die Form eines länglichen Quaders und an der Seite war ein Lüfter zu sehen. Ich betrachtete das Foto dieser Maschine, die vielleicht einen geheimen, ihrem Nutzer unbekannten Zugang in sich barg, und dachte über den Sinn des Wortes »Backdoor« nach, das wortwörtlich »Hintertür« meint, was man aber auch (wenn man nicht gleich der Einfachheit halber das Wort Backdoor benutzt) mit »Geheimtür« übersetzen kann. Die Metapher einer Geheimtür gefiel mir ungemein gut. Sie weckte Erinnerungen an galante Szenen, in denen ein Gast unbemerkt kommen und wieder gehen kann. Oder an verborgene Treppen und Flure aus der Phantasiewelt der Ritterschauspiele. Aber auch wenn der Ausdruck »Geheimtür« solche poetischen und charmanten Nebenbedeutungen hat, überdeckt die Wirklichkeit sie, denn reden wir heute von Datensicherheit, dann handelt es sich um etwas sehr viel Vergifteteres, eine Backdoor als Mittel des geheimen und unerlaubten Zugriffs auf eine fremde Software, das versteckt ist in einem Programm, um einem oder mehreren schlecht gesinnten Individuen zu erlauben, eine totale oder partielle Kontrolle über den Computer des rechtmäßigen Benutzers zu übernehmen, ohne dass der etwas davon weiß.

Ich war so erschüttert und besorgt über meine Entdeckung, dass ich bei meinem Freund Viswanathan Ajit Pai um Rat nachsuchen wollte. Viswanathan Ajit Pai arbeitete gemeinsam mit mir für die Kommission, er war 1999 zur DG CONNECT gestoßen, als sie sich noch »Informationsgesellschaft« nannte. Er trug denselben Namen wie ein berühmter Kricketspieler und auch, jedenfalls fast, wie der Präsident eines mächtigen amerikanischen Unternehmens der Telekommunikationsregulierung. (Was mich einmal darauf brachte, ihm spaßeshalber zu sagen, dass er mit Pai nun wirklich einen Allerweltsnamen habe, so wie Müller). Viswanathan Ajit Pai fehlte es wirklich nicht an Originalität, er hatte es fertiggebracht, wenn auch nicht am, aber doch nur wenige Tage nach dem 11. September 2001 zu heiraten. Ich war wegen dieser Hochzeit von Paris, wo ich zu dieser Zeit noch lebte, nach Brüssel gefahren, wo an diesem Tag eine ganz eigene Atmosphäre herrschte, wie sicher überall auf der Welt nach den Anschlägen des 11. September, aber das Gefühl einer Stadt im Belagerungszustand und in postapokalyptischer Preisgabe war in Brüssel noch ausgeprägter, weil am selben Tag und quasi zur selben Zeit wie der Hochzeitstermin der erste Gipfel der europäischen Staatschefs nach dem 11. September stattfand. Alle Straßen des Europaviertels waren mit spanischen Reitern abgesperrt und bewacht von bewaffneten Soldaten. Und weil obendrein zur selben Zeit noch der erste autofreie Tag in Brüssel war, konnten wir die Stadt nicht wie vorgesehen in einer fröhlichen Autokolonne und mit Gehupe durchqueren, sondern hatten statt dessen neben der Grand-Place die Metro nehmen müssen (die Trauung fand im Brüsseler Rathaus statt) und fuhren zum irischen Pub Kitty O'Shea's im Europaviertel, wo die Hochzeitsfeier stattfand. Wir standen also mitten am Nachmittag in der Brüsseler Metro, in unserer Mitte Viswanathan im Smoking und die Braut im weißen Brautkleid, die beide in fröhlicher Stimmung die ausgelassenen Zurufe der anderen Passagiere entgegennahmen, die zufällig gerade im Wagen waren. An der Station Schuman stiegen wir aus, und die ganze Hochzeitsgesellschaft lief am Berlaymont-Gebäude entlang. Wir schlüpften durch die Absperrungen und sahen, wie die Limousinen der Staatschefs, eskortiert von Motorradfahrern an der Spitze, mit Blaulichtern an uns vorbeiflitzten. Am Tag darauf veröffentlichte die Europäische Union ein offizielles Kommuniqué, in dem es hieß, dass man einen möglichen amerikanischen Gegenschlag für rechtmäßig erachte und das Prinzip einer militärischen Intervention in jenen Staaten akzeptiere, die dem Terrorismus Unterschlupf gewährten. Unbekümmert, wie wir an dem Tag waren, fern aller weltlichen Realitäten und geostrategischen Überlegungen, die die Welt in den folgenden Wochen erschüttern sollten, gaben wir uns damit zufrieden, im Kitty O'Shea's zu feiern, das Viswanathan Ajit Pai für den Abend gemietet hatte. Zwei Räume waren für die Hochzeitsfeier geschmückt, es gab ein Buffet, eine Tanzfläche, eine Anlage mit Lichteffekten und einen Discjockey. Unter den Gästen befand sich einer der Onkel von Viswanathan, ich erinnere mich nur noch an seinen Vornamen, Rajat oder Rajiv, ein Finanzmensch aus New York, der sich selbst in der vorausgegangenen Woche im Moment des Anschlags in einem der beiden

Zwillingstürme aufgehalten hatte. *Oh my god!*, riefen immer wieder diejenigen aus, denen er von seinem Unglück erzählte (das zum Glück für ihn gut ausgegangen war, er hatte nur fünfzehn Etagen im Stockfinsteren hinunterrennen müssen, war aber lebend entronnen). Mit seinem Begleiter, einem Maler aus Kalifornien mit einer bunten Brille à la David Hockney, hatte er das erste Flugzeug genommen, das von New York aus nach Europa startete, um bei der Hochzeit dabei sein zu können. Noch heute ist mir diese Hochzeitsfeier in ebenso unwirklicher wie beglückender Erinnerung. Alle haben an diesem Abend enorm viel getrunken. Jeder von uns hatte noch den Schock der Anschläge des 11. September in den Knochen, jeder spürte dieses Gefühl der Irrealität, das das Leben überzieht, wenn ein tragisches Ereignis der äußeren Welt mit einem Ereignis unseres Privatlebens kollidiert. An diesem Abend gab es im Kitty O'Shea's eigentlich nur Leute, die für die Europäische Kommission arbeiteten, und wenn nicht direkt für sie, dann doch irgendwie für Europa, und ich wurde mir an einem bestimmten Moment an diesem Abend plötzlich bewusst, dass ich von lauter Eurokraten umringt war. Das waren sie also, die Eurokraten, diese jungen Leute, die sich um mich herum in diesem irischen Pub amüsierten, da waren sie, die Eurokraten, diese jungen, eleganten und intelligenten Leute, die so gut ausgebildet waren und sich in allen Sprachen unterhielten, die kultiviert waren und die aufregende Jobs hatten in den unterschiedlichsten Bereichen. Das waren sie also, diese strahlenden Paare, die lachend und in voller Blüte ihr Pint Kilkenny am Tresen bestellten und ein Stück Pecorino vom Buffet pickten. Das waren sie also, die Jungen und Mädchen, jung und weniger jung, hetero oder schwul, die sich für die Hochzeit von Viswanathan in Schale geworfen hatten und mit hoch zur Decke gehaltenen Armen, ihr Glas schützend, sich einen Weg durch das Gewühl der Tanzenden bahnten. Das waren sie also, die berühmten Eurokraten, imaginäre Personen, von denen die ganze Welt redet und die keiner kennt, diese Eurokraten des Schattens, diese so in Verruf geratenen Brüsseler Technokraten, die stellvertretend für eine tentakelartige und überdimensionierte, pedantische und bürokratische Europäische Kommission stehen. Das war wie ein Gedankenblitz, mit einem Schlag wurde mir das bewusst, es war wie eine Epiphanie. Das waren sie also, die Eurokraten! Ich hatte aufgehört zu tanzen und mich an eine hölzerne Trennwand neben der Bar gelehnt, um eine Verschnaufpause einzulegen, mein Hemd war vom vielen Tanzen am Rücken völlig nassgeschwitzt, ich betrachtete die Tanzenden auf der Tanzfläche, die der Discjockey zu langen begeisternden Wellen in Bewegung versetzte und die die Arme im Rhythmus fetziger Discomusik und nostalgischer Hits in die Luft warfen. *Voiles sur les filles, Barques sur le Nil! Je suis dans ta vie, Je suis dans tes bras! Alexandra, Alexandrie! Alexandrie où l'amour danse avec la nuit! J'ai plus d'appétit, Qu'un Barracuda!* Und ich erinnere mich, dass ich an diesem Abend, während dieser Hochzeitsfeier, leicht angetrunken und mit geschärften Sinnen meine Gedanken schweifen ließ, und mitten in diesem Gedampf von Alkohol und dem Getöse der mich umgebenden Musik an meine Zukunft dachte und genau da den Entschluss fasste, eines Tages für die Europäische Kommission zu arbeiten.

Ich wollte an diesem Abend in meinem Appartement an der Place du Châtelain mit Viswanathan Ajit Pai telefonieren, um mit ihm über das zu reden, was ich an Beunruhigendem auf dem USB-Stick von John Stavropoulos gefunden hatte. Da es aber bereits nach 22.00 Uhr war – ich hatte mich den ganzen Abend mit dem Stick befasst, ohne darauf zu achten, wie die Zeit verging –, scheute ich mich davor, ihn zu solch einer Stunde anzurufen, ich wusste nicht, wo Viswanathan sich gerade aufhielt, er reiste derart viel, er hätte genauso gut in den Vereinigten Staaten wie in Indien, Tokio oder Brüssel sein können, und ich wollte nicht das Risiko eingehen, ihn um fünf Uhr morgens zu wecken, sollte er in Asien sein. Ich schrieb ihm also nur eine SMS mit der Bitte, mich zurückzurufen. Während ich auf seinen Rückruf wartete, stand ich von meinem Schreibtisch auf und ging zum Fenster. Ich blickte hinaus und massierte mir den Nacken. Ich war im Hemd und in Socken, ich spürte, wie die Müdigkeit in mir aufstieg. Die Place du Châtelain war menschenleer. Am Nachmittag hatte hier der Markt stattgefunden, es war auf dem Platz fast kein Auto geparkt. Ich sah den Regen durch das orangerote Licht der Laternen fallen. Mein Blick fiel auf die rote Neonleuchtschrift über dem Restaurant an der Ecke der Rue du Page, dort bemerkte ich einen Mann im Regenmantel, der vor dem Regen geschützt unter dem Vordach telefonierte. Ich sah nicht wirklich hin, schenkte ihm keine Aufmerksamkeit, bis ich wahrnahm, dass er zu mir heraufschaute. Ich war nicht einmal sicher, ob er mich gesehen hatte, mein Fenster lag im Halbschatten, im Zimmer brannte nur die Schreibtischlampe hinter mir. Ich achtete nicht weiter auf ihn, doch als einige Augenblicke später mein Blick wieder zu der Leuchtschrift schweifte, stand der Mann immer noch unbeweglich unter dem Vordach. Er hatte sein Telefonat beendet, hielt aber weiter das Telefon in der Hand, und schon wieder sah er in meine Richtung. Ich wich dem Blick nicht aus, die Entfernung, die uns voneinander trennte, war groß genug, selbst wenn er mich sehen würde, wäre nur ein dunkler Umriss von mir am Fenster zu erkennen gewesen. Bis zu diesem Moment hatte ich mir noch keine Gedanken gemacht. Aber als ich sah, wie er sein Telefon auf Brusthöhe hielt, verkrampfte sich mein Kiefer und mein Körper verspannte sich, ich hatte plötzlich das ungute Gefühl, dass er mein Wohnhaus hastig fotografierte. Vielleicht irrte ich mich, vielleicht war es nur ein Gefühl, aber sofort, als wäre ihm klar geworden, dass ich seine Geste bemerkt hatte, steckte er das Telefon in die Tasche und verließ den Schutz des Vordachs, ging hinaus in die Nacht, und ich sah ihn im Regen verschwinden.

Ich fragte mich, was dies zu bedeuten hatte. Ich stand noch immer am Fenster, als ich mein Telefon in der Hosentasche vibrieren fühlte. Es war Viswanathan Ajit Pai. Nachdem wir ein paar freundliche Förmlichkeiten ausgetauscht hatten (ja, er sei in Brüssel, ja, es gehe ihm gut), kam ich zum Grund meines Anrufs und erklärte ihm, seinen Rat in einer heiklen Angelegenheit einholen zu wollen, wobei ich ihn um Diskretion und sogar größte Verschwiegenheit bitten würde. Ich könne ihm im Moment nicht mehr sagen, bäte ihn hier um Nachsicht, er solle mir auch keine Fragen stellen, ich würde ihm das alles später erklären. Versuche, mir ganz allgemein zu antworten, sagte ich, als handele es sich hier um Schulaufgaben. Wir waren so weit befreundet, dass ich ihn um solch einen Gefallen bitten konnte, und er nahm es gut auf, die geheimnisvolle Aura, mit der ich meine Bitte umgab, amüsierte ihn eher, und er nahm es von der lustigen Seite, aber doch nicht auf die leichte Schulter, er verstand, wie ernst es mir damit war. Ich höre, sagte er. Ich schilderte ihm den Fall, ohne den Namen der bulgarischen Firma zu erwähnen, und erklärte ihm, durch einen Zufall von der Existenz eines neuen Prototyps einer Mining-Maschine vom Typ AlphaMiner 88 erfahren zu haben und im Besitz des Programms zum Start des Betriebssystems dieser Maschine zu sein, also Zugang zum Quelltext zu haben, und meine Vermutung nun ginge dahin, dass eine Backdoor eingebaut sei. Er hörte mir zu, ohne mich zu unterbrechen, stellte mir dann ein oder zwei Fragen zu Details, und nachdem er einen Moment nachgedacht hatte – es handelte sich um kaum einen Moment, er schien alles sehr schnell verstanden und visualisiert zu haben –, teilte er mir mit, was es seiner Meinung nach bedeute, wenn sich die Existenz dieser Backdoor bewahrheiten sollte. Sobald die Maschine gestartet wird, erklärte er mir, verlangt in aller Regel das Startprogramm vom Benutzer, sich anzumelden und sich mit dem Internet zu verbinden, um damit die jeweilige Software zu identifizieren. Wenn aber ein Benutzer diesen AlphaMiner 88 in Betrieb nimmt, erfährt die chinesische Firma, die ihn gebaut hat, ihrerseits die IP-Adresse des Benutzers. In dem Moment also, wenn diese Maschine mit der ominösen Tür gestartet wird und die chinesische Firma oder irgend jemand innerhalb dieser Firma, dem die IP-Adresse des Nutzers bekannt ist, unlautere Absichten hat, kurz gesagt, wenn es da einen Informationsdieb oder gar ein organisiertes System der Piraterie gibt, braucht der Hacker nur eine Befehlszeile in seinen Computer einzugeben und sieht sofort, ob bei dieser Internetadresse die Backdoor geöffnet ist. Und ist die Tür offen und der Benutzer nicht durch eine Firewall abgesichert, kann der Hacker eindringen. Aber es kommt noch schlimmer. Wenn also diese spezielle Tür, von der du erzählst, im Startprogramm des AlphaMiner 88 vorinstalliert ist, kann der Hacker nicht nur eindringen, sondern er bekommt auch Zugang zum Kern des Betriebssystems, was ihm erlaubt, je nach Belieben absolut alles in der Maschine verändern. Was in diesem Fall bedeuten würde, dass er die Maschine aus der Entfernung kontrollieren kann? Genau, antwortete er. Aber zunächst einmal sind das nur Vermutungen. Die einzige Möglichkeit, um bestätigt zu bekommen, ob es sich wirklich um eine Backdoor handelt, ist, den Computer laufen zu lassen. Du müsstest die Maschine in Betrieb sehen.

Am nächsten Tag rief ich kurz vor Mittag John Stavropoulos an und teilte ihm mit, dass ich sein Angebot annehmen würde. Es wäre allerdings, fügte ich einschränkend hinzu, noch ein Detail hinsichtlich des Zeitplans zu regeln, da ich nicht zu Beginn des nächsten Jahres nach Dalian kommen könne, wie er es mir vorgeschlagen hatte. Wenn eine solche Begegnung stattfinden sollte, dann nur in der Zeit vor meiner Reise nach Tokio, wo ich Mitte Dezember an einem internationalen Kolloquium über die Blockchain teilnehmen würde. Und es stünden mir auch nur vierundzwanzig Stunden in Dalian zur Verfügung, sagte ich und gab ihm das genaue Datum des Tages, an dem ich frei war, den 15. Dezember (ich war die ganze Nacht über all das immer wieder durchgegangen, hatte im Internet die verschiedenen Flugzeiten verglichen). Dann war es mir möglich, am 14. vom Flughafen Paris-Roissy abzufliegen und wie vorgesehen am 16. Dezember in Tokio zu landen. Ich bat ihn, sich mit den Managern der BTPool Corporation in Verbindung zu setzen, um zu klären, ob sie mich an diesem Tag empfangen und mir ihre Anlagen vorführen könnten, und bekräftigte nochmals, wie sehr ich interessiert sei, die Maschinen in Betrieb zu sehen. Ich fügte zum Abschluss noch hinzu, dass meine Reisekosten von einer japanischen Universität übernommen würden und ich mich selbst um die Reservierung eines Hotels in Dalian kümmern würde. Bis dahin hatte John Stavropoulos kein Anzeichen von Überraschung oder Freude gezeigt. Aber bei der Frage der Reise- und Übernachtungskosten, als er sah, wie peinlich genau ich darauf Wert legte, jeglichem Interessenkonflikt aus dem Weg zu gehen, konnte er es sich nicht verkneifen (sicher freute er sich insgeheim über meinen Sinneswandel), mich mit trockenem Humor zu fragen, ob ich es trotzdem erlauben würde, dass Gu Zongqing mich am 15. Dezember zum Abendessen einlade. Ohne auf sein Spiel einzugehen, antwortete ich ihm kühl, die Frage sei noch verfrüht. Für den Moment bäte ich ihn lediglich darum, mit der BTPool Corporation zu klären, dass ich am 15. Dezember empfangen werden könne. John Stavropoulos versicherte mir mit honigsüßer Stimme, in der sich seine Befriedigung zeigte, ans Ziel gekommen zu sein, er werde alles Notwendige in die Wege leiten. Er wolle sie sogar gleich zu erreichen versuchen und mir noch am selben Tag eine Rückmeldung geben. Er versuchte tatsächlich, mich am Nachmittag mehrere Male zurückzurufen, da ich aber mehrere Sitzungen in meinem Büro hatte und deshalb mein Telefon auf Flugmodus gestellt hatte, hinterließ er schließlich eine Nachricht auf meinem Anrufbeantworter, die ich nach meiner Rückkehr in die Wohnung, vor dem Fenster stehend mit Blick auf die Place du Châtelain, anhörte. Sie haben eine neue Nachricht, sagte die künstliche Stimme der Telefonansage, jede Silbe einzeln betonend, heute um achtzehn Uhr sieben und vierzig. Es folgte ein scharfer Piepton, und nach einer kurzen Stille kam die Stimme von John Stavropoulos. Stavropoulos, sagte er, er bediente sich der deutschen beziehungsweise angelsächsischen Angewohnheit und sagte zu Beginn nur seinen Namen – ich habe mit Gu gesprochen, es ist okay, er erwartet Sie am 15. Dezember in Dalian.

II

In den Tagen darauf verschwand das Gefühl nicht, verfolgt zu werden. Es gab dafür keinen konkreten Anhaltspunkt, aber ich spürte eine diffuse Bedrohung. Manchmal hatte ich den Eindruck, beim Verlassen des Büros beobachtet zu werden. Wenn ich abends nach Hause kam, beeilte ich mich, das Licht einzuschalten, und musste überall nachschauen, ob in meiner Abwesenheit nicht jemand in meiner Wohnung gewesen war. Ich hatte ein Dutzend der Dokumente des USB-Sticks von John Stavropoulos auf meinem Laptop gespeichert (die wichtigsten, jene, die den Prototyp AlphaMiner 88 betrafen) und wusste danach nicht, was ich mit dem Stick anfangen sollte. Ich dachte zuerst daran, ihn zu zerstören, oder ihn, ohne solch theatralisches Gebaren, einfach verschwinden zu lassen, ihn in irgendeiner Straße in einer Mülltonne zu entsorgen. Aber schließlich erschien es mir doch sinnvoller, ihn zu behalten, war es doch möglich, dass ich ihn noch einmal brauchen würde, falls ich eines Tages Dokumente als Beweise vorlegen müsste. Mein Flugticket umzubuchen war einfacher als gedacht. Die Angestellte der Fluggesellschaft, mit der ich am Telefon sprach, konnte mein Ticket Paris–Tokio in eines Paris–Peking–Dalian–Tokio ändern, mein Rückflug war von der Änderung ohnehin nicht betroffen, der Tarif machte eine Umbuchung mit einem kleinen Aufpreis möglich, den ich mit Karte bezahlte. Schon am Nachmittag desselben Tages bekam ich per E-Mail die Bestätigung meiner Umbuchung der Flüge mit einem Reisememo der neuen Flugroute. Dann musste ich mich um das Visum kümmern. Um in Brüssel ein Visum für China zu beantragen, muss man die Kopie des Flugtickets und der Hotelreservierung vorweisen. Ich suchte also über das Internet ein Hotelzimmer für den 15. Dezember in Dalian. Ich wählte ein möglichst unauffälliges Hotel und reservierte in einem in der Nähe der Bucht gelegenen, anonymen Dreisternehotel eine Business Suite für weniger als 80 Dollar. Dann holte ich mir den Visumantrag aus dem Internet und füllte ihn abends zu Hause im Schein der Schreibtischlampe aus. Bei der Rubrik »Informationen über die Chinareise« zögerte ich zwischen »Beruflicher Anlass« und »Nichtberuflicher Anlass«, kreuzte schließlich das Kästchen »Tourist« an, das mir am angemessensten erschien, um lästigen Fragen aus dem Weg zu gehen. Die Vorstellung, man könnte Genaueres über die Gründe meines

Aufenthalts erfahren wollen, bereitete mir Unbehagen, weshalb ich mir ein Szenario zurechtgelegt hatte, für den Fall, dass ich bei meinem Besuch des chinesischen Konsulats in Brüssel danach gefragt werden würde, oder bei meiner Einreise an der Passkontrolle des Flughafens in Peking. Ich würde erklären, dass ich die Absicht hatte, da ich an einer internationalen Konferenz in Tokio teilnehmen sollte – was ja auch stimmte, ich konnte sämtliche eventuell erforderlichen Dokumente vorweisen – daneben aus rein privaten Gründen Dalian zu besuchen. Es war immerhin eine Stadt mit fast sieben Millionen Einwohnern, mit einer beeindruckenden russischen und japanischen Geschichte, die als eines der beliebtesten touristischen Ziele Chinas gilt. Selbst einem misstrauischen chinesischen Beamten dürfte es einleuchten, dass man dort einen Tag verbringen wollte. Ich hatte meinen Perfektionismus oder sollte ich besser sagen meine Ängstlichkeit so weit getrieben, dass ich mich über die wichtigsten touristischen Sehenswürdigkeiten der Stadt informierte und den Namen des Parks Jinshi Yuan wie auch den des Tempels Xingshui in petto hatte, sollten die Befragungen zum Grund meines Besuchs sich intensiver gestalten (aber ich hatte im chinesischen Konsulat keine Gelegenheit, meinen guten Willen unter Beweis zu stellen). Vier Tage später hielt ich das Visum in Händen.

Vor meiner Abreise blieb noch eine letzte, persönliche Angelegenheit zu klären. Ursprünglich hatte ich ja geplant, am 15. Dezember nach Tokio zu fliegen, und hatte mit Diane die Vereinbarung, am Mittwoch davor, also am 14. Dezember, wie an jedem Mittwoch Thomas und Tessa zu übernehmen. Aber wegen meiner vorgezogenen Abreise nach Asien würde ich mich in dieser Woche nicht um die Zwillinge kümmern können, normalerweise hätte ich sie von der Schule abholen müssen, doch am selben Tag ging mein Flug von Roissy. Ich musste also einen Ausweg finden und gleichzeitig vor aller Welt verbergen, dass ich nach China flog. Die einfachste Lösung, um Diane herumzukommen (wir sprachen seit dem Sommer nicht mehr miteinander), wäre gewesen, die Kinder meiner Mutter anzuvertrauen, die die beiden seit deren Geburt schon so oft betreut hatte. Aber in der letzten Zeit hatte sich der Gesundheitszustand meines Vaters derart verschlechtert, dass ich meiner Mutter nicht auch noch zumuten konnte, sich um die Zwillinge zu kümmern. Ich war also wohl oder übel darauf angewiesen, mit Diane zu sprechen, um mit ihr die Kinderbetreuung zu regeln. Als sie abhob, wusste sie mit Sicherheit bereits, dass ich es war, sie musste meinen Namen auf ihrem Display gesehen haben. Ja, sagte sie und wartete. Sie hatte nur »Ja« gesagt, nichts weiter, ein »Ja« übrigens, das eher ein »Ja?« war, mit der Nuancierung einer Frage oder Erwartung, und dieses nackte »Ja« allein war mir schon unerträglich.

Ich erkannte, ohne dass sie nur ein Wort von dem, was ich ihr mitzuteilen hatte, angehört hatte, ihre hochmütige, herablassende und ablehnende Art wieder, mir zu zeigen, wie lästig ich ihr war. Ich fragte mich sogar, wie ich eine Frau habe lieben können, die solch eine Stimme hat. Es war übrigens nicht eine Frage der Stimmlage (sie hatte durchaus eine angenehme Stimme), es war vielmehr der Tonfall und die Aussprache, eine übertriebene Betonung, die sie nur bei mir einsetzte und nur für mich reserviert hatte. In solchen Momenten glaubte ich, die wahre Natur von Dianes Stimme zu erkennen, die Stimme, die sie hatte, wenn sie keine Anstrengungen unternahm und nicht jenes Feuerwerk von Charme und Anmut abbrannte, wie sie es in Gesellschaft tat, es war ihre naturgegebene Stimme, eine Stimme wie beim Aus-dem-Bett-Schlüpfen, überrascht, ungekämmt und ungeschminkt, eine Stimme noch im feuchtwarmen Morgenmantel. Im tiefsten Inneren bin ich überzeugt, Diane nie geliebt zu haben. Selbst damals nicht, als ich sie zu lieben glaubte, selbst in der ersten Zeit unserer Liebe nicht und auch nicht, als ich sie heiratete. Sie hat mir gefallen, sicher, sie hat mir sogar unheimlich gut gefallen. Diane war eine der elegantesten Frauen von ganz Brüssel, und was sie darstellte, beeindruckte mich ungemein, ihre Schönheit, ihr Benehmen, ihr sicheres Auftreten, die Tatsache, dass sie zwölf Jahre jünger war als ich, der Schauder von Bewunderung, den sie überall hinterließ, wo sie hinkam. Das war mir alles nur zu gut bewusst, aber wenn es mir einmal so gut gefallen hat, dann vielleicht auch, weil es meiner Eigenliebe schmeichelte, durch den Wert, der mir durch sie zuteil wurde. Was nichts mit Liebe zu tun hat. Alles, was mir später bei Diane unerträglich schien, war bereits im Kern vorhanden, als ich sie kennenlernte, aber ich hatte es nicht gesehen, war geblendet durch ihre unwiderstehliche Aura. Ich konnte es nicht glauben, dass so eine Frau mich einmal geliebt haben sollte, und hatte gleichzeitig den Verdacht, dass sie mich nie geliebt hat. Nebenbei bemerkt, manchmal ist es bei den menschlichen Eigenschaften so, als würde man lediglich das Vorzeichen austauschen und ein Plus sich in ein Minus verwandeln, und was ich zu Beginn für Selbstsicherheit gehalten hatte, erkannte ich jetzt als Überheblichkeit, ihre einstige Unbekümmertheit erschien mir nun als Frivolität und ihre damals so unverwechselbare Eleganz war nunmehr nur noch banaler Pariserinnen-Chic. Bis jetzt hatte Diane am Telefon nur »Ja« gesagt, und ich hatte daran immer noch nicht angeknüpft, ich wog ab, wie schwierig es sein würde, jemandem eine Angelegenheit erklären zu müssen, mit dem man nicht mehr spricht. Seit dem Sommer, jedes Mal, wenn wir nicht vermeiden konnten, miteinander zu sprechen, und dann meist am Telefon, im Wesentlichen ging es um praktische Fragen im Zusammenhang mit den Kindern oder der Wohnung (irgendwelche Geschichten mit Schlüsseln, mit Ferien oder Rechnungen), redeten wir miteinander wie Fremde, als wären wir zwei Rechtsanwälte, jeder damit beauftragt, die Interessen seines Mandanten zu vertreten, sie die ihren, ich die meinen, und dabei immer das Kindeswohl, in diesem Fall das Wohl unserer Zwillinge, in den Vordergrund zu stellen. Diane hatte am Telefon immer noch nur dieses »Ja« gesagt, aber ich hatte sofort begriffen, dass sie keinen Finger rühren würde, um mir entgegenzukommen. Ich hatte gleich verstanden, dass wenn ich sie jetzt fragte, ob sie sich am nächsten Mittwoch um die Kinder kümmern wolle, sie mich einsilbig an unsere Vereinbarung erinnern würde, die wir nach den Sommerferien getroffen hatten, der zufolge ich jeden Mittwoch und jedes zweite Wochenende die Kinder übernehmen sollte, und ich wollte ihr nicht den Triumph lassen, ihr nicht das Vergnügen gönnen, jetzt in Kleinkrämereien und unwürdige Feilschereien zu verfallen, ein Mittwoch gegen zwei Wochenenden, über die sie dann nach Belieben verfügen könnte. Ich sagte immer noch nichts. Ja, wiederholte sie mit gereizter Stimme, nun hörte sich ihre Stimme gereizt an, es war jetzt ein ungeduldiges »Ja«, ein auf das Äußerste gereiztes »Ja«. Ihre Stimme war schon vorher abscheulich, als sie nur ihr einfaches fragendes »Ja« sagte, jetzt wurde sie wirklich unerträglich. Ich spürte, sie war auf Kriegsfuß und bereit loszuschlagen, sie suchte die Konfrontation, war auf Streit aus. Ich wusste sehr gut, dass sie mir keine Geschenke machen würde. Ich wusste sehr gut, was sie mir antworten würde, egal welche erfundenen Gründe sie auch immer vorbringen oder welchen Vorwand sie auch immer konstruieren würde, unter keinen Umständen würde sie die Kinder am nächsten Mittwoch übernehmen. Ich ließ noch einen Moment verstreichen und ohne etwas zu sagen drückte ich dann auf die rote Taste meines Telefons und beendete die Unterhaltung. Ich würde mir anderweitig behelfen. Am Abend rief ich meinen Bruder an, der mir zuerst sagte, er könne sich nicht um die Kinder kümmern, aber nur eine Stunde später zurückrief, um mir mitzuteilen, dass Sylvia, seine Frau, einverstanden wäre, sich um sie zu kümmern und die Zwillinge am Mittwoch von der Schule abholen käme.

Am Vorabend meiner Abreise erhielt ich das vollständige Programm meiner Tokio-Reise. Zwei öffentliche Vorträge waren vorgesehen, erst mein Vortrag am zweiten Tag der *Blockchain & Bitcoin prospects* und am übernächsten Tag die Konferenz an der Universität von Tokio, im Anschluss daran ein Abendessen mit dem Präsidenten der Universität von Todai. Zugleich erfuhr ich, dass ich während meines Tokioter Aufenthaltes auf dem Universitätscampus von Hongo in der Sanjo Conference Hall untergebracht war, ein Gästehaus mit sechs Zimmern, einer Bibliothek und einem Restaurant, das für die im Rahmen des akademischen Austauschprogramms geladenen Professoren reserviert war. Ich schrieb an Professor Nakajima, bedankte mich bei ihm und fügte meiner Nachricht an, es sei nicht nötig, mich bei meiner Ankunft in Tokio vom Flughafen abzuholen. Mir war es lieber, er erfuhr nicht, dass ich in Wirklichkeit aus China kommen würde und nicht aus Paris, wie es vorgesehen war. Auch dieses letzte Hindernis war beseitigt, niemand würde je erfahren, dass ich auf meiner Reise nach Japan einen Umweg über China machte.

Am Tag meiner Abreise, im Zug, der mich nach Roissy brachte, las ich nochmals auf meinem Computer den Text für meinen Vortrag in Tokio und überflog die begleitenden Diagramme und Illustrationen. Aber ich war mit meinem Kopf nicht ganz bei der Sache. Es war diese chinesische Paranthese auf meiner Reise, dieses geheim gehaltene Vorspiel, was mich beschäftigte. In Gedanken ging ich nochmals all das durch, was ich seit dem ersten Aufeinandertreffen mit John Stavropoulos erfahren hatte. Offiziell ging es nur um ein normales Handelsgeschäft, die bulgarische Gesellschaft Kaliakras Ltd. beabsichtigte, Mining-Hardware aus China zu kaufen, nachdem sie zuvor einen Antrag auf Förderung bei der Europäischen Union gestellt hatte. Aber alle in diese Transaktion Verwickelten, so viel war mir klar geworden, handelten in unterschiedlichem Grad unsauber, wenn nicht sogar in betrügerischer Absicht. Während man auf bulgarischer Seite das Projekt in ein hehres Licht stellte, indem man vorgab, neue Anwendungen der Blockchain-Technologie für Europa vorantreiben zu wollen, hatte ich herausgefunden, dass es für sie mehr oder weniger nur darum ging, in einer finanzschwachen Region die neue Technologie zu implantieren, und zwar nicht in der Perspektive einer vorbildlichen Industrie und gesunder und nachhaltiger Wirtschaftsförderung, sondern aus purem kommerziellen Interesse handelte, allfällige dadurch generierte Profite würden mit Sicherheit zwischen den verschiedenen lokalen Beteiligten und ein paar verantwortlichen Politikern an höchster Stelle aufgeteilt. Auf chinesischer Seite konnte man, soweit sich die Existenz einer in den AlphaMiner 88-Maschinen installierten Backdoor bestätigen sollte, die BTPool Corporation eines regelrechten Betrugs verdächtigen zum Schaden der Kaliakras Ltd. Denn auch wenn Transaktionen mit Bitcoins zwar grundsätzlich nicht fälschbar sind, können die Rechner in den digitalen Sicherheitsschränken, in denen sie verwahrt werden, sehr wohl angegriffen werden und vermeintlich sichere Bitcoins gestohlen werden. Was die Zwischenhändler, also die XO-BR Consulting, betraf, die zu allen in den Vorgang Verwickelten enge Verbindungen zu haben schien, dann dürften sie, wenn sie nicht selbst Komplizen dieses Betrugs waren, irgendwo dazwischen die Hand aufhalten, zumindest sich bei den ausgeführten Transaktionen in Form von verschleierten Kommissionen auf alle vermittelten Geschäfte bedienen.

Am Flughafen von Roissy ereignete sich ein kleiner Zwischenfall, der mich beunruhigte. Ich stand beim Boarding für den Flug nach Peking am Abfluggate E 41 und drehte mich noch einmal um, warf einen Blick auf die anderen Passagiere, die hinter mir in der Schlange warteten, als ich in der Menge eine junge Frau erblickte mit schwarzer Sonnenbrille und Schal. Es war keine Chinesin, was man nicht mit Sicherheit sagen konnte, denn ihr Gesicht verschwand zum größten Teil hinter einer rautenförmigen Sonnenbrille, aber ich war überzeugt davon. Die meisten Passagiere waren Asiaten, aber diese junge Frau schien mir Europäerin zu sein, sie fiel aus dem Rahmen, ich hätte nicht erklären können, warum. Ich zeigte einer Hostess meine Bordkarte, und bevor ich die verglaste Gangway betrat, die zum Flugzeug führte, drehte ich mich noch einmal schnell nach der jungen Frau um – und mein Herz zog sich plötzlich zusammen. Das war Yolanda Paul. Was hatte Yolanda Paul auf diesem Flug nach Peking verloren? Und plötzlich waren sie wieder da, alle meine diffusen Ängste der vergangenen Tage. Und der nie bestätigte Verdacht, verfolgt oder überwacht zu werden, kristallisierte sich beim Anblick von Yolanda Paul, die sich anschickte, denselben Flug wie ich zu nehmen. Nur John Stavropoulos konnte sie geschickt haben. Aber wie konnte John Stavropoulos wissen, dass ich ausgerechnet diesen Flug nehmen würde? Ich hatte ihn seit unserem letzten Treffen im Sofitel nicht mehr wiedergesehen. Wir hatten uns ein paar E-Mails geschrieben, aber ich hatte ihm nie etwas über meinen Flugplan mitgeteilt. Worüber ich ihn allerdings auf seinen Wunsch hin informiert hatte, damit er meinen Empfang an Ort und Stelle organisieren konnte, das war meine Ankunftszeit in Dalian. Hätte er von diesem einzigen Detail ausgehend darauf schließen können, dass ich diesen Flug nach Peking nehmen würde? Ja, das war möglich. Vorausgesetzt, er hatte angenommen oder sich mithilfe welcher Mittel auch immer versichert, dass ich von Roissy abfliegen würde – und nicht von Heathrow oder von Schiphol (wenn man von Brüssel aus reist, eröffnen sich mehrere Möglichkeiten) –, dann verringerte sich das Angebot der Flüge erheblich, und das Wahrscheinlichste war dann eben, dass ich diesen Flug nehmen würde, der einzige, der am frühen Nachmittag des darauffolgenden Tages nach einer kurzen Zwischenlandung in Peking in Dalian landen würde. Aber vielleicht vergaloppierte ich mich hier völlig, vielleicht war ich, was die junge Frau betraf, Opfer einer Täuschung geworden, einer vergifteten Selbstüberzeugung aufgrund meines schlechten Gewissens, diese Reise so heimlich angetreten zu haben. Es ist mir schon öfter passiert, dass ich in der Öffentlichkeit, sei es in einem Zug oder einem Konzertsaal, mit einem plötzlichen Anflug von Befangenheit und irrationalem Schrecken wenige Sitze vor mir oder in der vordersten Reihe eines Balkons eines Theatersaals eine Frau wiederzuerkennen glaubte, mit der ich einmal eine Beziehung gehabt hatte. Meistens täuschte ich mich, und auch wenn die Unbekannte durchaus einige Gemeinsamkeiten mit der Freundin aufwies, die ich wiederzuerkennen glaubte, war es doch nur meine Einbildung, und nur sie allein, die ausgehend von den wenigen greifbaren Eigenschaften, die die Person mir bot (ein bestimmter Haarschnitt, ein besonderer Schal, eine rautenförmige Sonnenbrille), ein vollständiges Bild der ehemaligen Geliebten in meinem Kopf wiedererstehen ließ, die ich fälschlicherweise wiederzuerkennen glaubte. Ich hatte meinen Platz im Flugzeug eingenommen und ein Buch aufgeschlagen, aber es gelang mir nicht, mich darauf zu konzentrieren. Immer wieder hob ich den Kopf, um unauffällig die Passagiere zu mustern, die durch die vordere Tür an Bord kamen und an mir vorbei den Gang entlang zu ihren Sitzen im hinteren Teil des Flugzeugs gingen. Ich wartete ungeduldig auf die junge Frau, damit ich sie mir aus der Nähe anschauen konnte, um sicherzugehen und den Zweifel zu beseitigen, der mich in Unruhe versetzte. Ich wollte sie an mir vorbeikommen sehen, um mir die Verwechslung zu bestätigen. Aber diese Gelegenheit bot sich mir nicht, vor dem Abflug bekam ich die junge Frau nicht mehr zu Gesicht. Wahrscheinlich war sie über eine andere Brücke ins Flugzeug gestiegen oder durch einen anderen Gang gelaufen oder an mir vorbeigekommen, als ich gerade meine Augen auf mein Buch gesenkt hielt (aber daran zweifele ich, eine Art unbewusster Detektor hätte mich bei ihrem Vorbeigehen den Kopf heben lassen).

Als die Stewardessen vor dem Start die schweren Türen des Flugzeugs zuschlugen, fühlte ich mit einem Mal eine Beklommenheit, ich verspürte eine irrationale Angst, als wäre ich in eine Falle getappt und unwiderruflich eingesperrt. Zu der Unruhe, die ich sowieso immer bei einem Start empfinde, kam jetzt das unbestimmte Schuldgefühl, diese Reise angetreten zu haben, ohne irgendjemanden davon in Kenntnis gesetzt zu haben. Wenn mir in Dalian ein Unglück zustoßen sollte, dann wüsste niemand, wo ich war. Überdeutlich kam mir die Möglichkeit meines Todes in Dalian in den Sinn. Ich hatte mir immer vorgestellt, dass man mich in der Stunde meines Todes vor eine abstrakte Instanz rufen würde, die eine Bestandsaufnahme aller meiner Taten machen und sie bewerten würde, und dass im Licht meines Todes meinem Leben ein neuer Sinn gegeben würde. Immer wenn ich an diese Möglichkeit dachte, stellte ich mir vor, dass ich bei diesem Vorgang eine bewusste Rolle spielen würde. Ich stellte mir immer vor, dieses große posthume Prüfungsgespräch würde in meiner Anwesenheit stattfinden, in der Anwesenheit meines Geistes oder einer höheren Instanz, die von mir ausging und die an der Szene teilnehmen würde, und die sich darüber klar werden könnte, zum ersten und einzigen Mal, was mein Leben in seiner Totalität gewesen war. Ich konnte mir nicht vorstellen, bei diesem allerletzten Moment nicht auf die eine oder andere Weise dabei zu sein, und es passierte mir sogar schon in meinem gegenwärtigen Leben, im Hier und Jetzt, an eine solche Instanz zu denken und meine heutigen Taten im Hinblick auf meinen zukünftigen Tod zu überprüfen, ohne mir jemals zu vergegenwärtigen, dass all das, was ich mir jetzt vorstellte und noch weit mehr, die Neuerungen in der Welt, der Kreislauf der Jahreszeiten und die Entwicklung meiner Kinder, mir nicht mehr zugänglich sein würden, wenn ich tot wäre. Die Zukunft, der ich mein Leben gewidmet hatte, würde sich ohne mich abspielen. Das Flugzeug setzte sich in Bewegung, und während es auf der Startbahn Geschwindigkeit aufnahm und die Gepäckfächer in der Kabine unmerklich zu zittern begannen, kam mir eine teuflische Idee. Was wäre, wenn ich von Anfang an manipuliert worden war? Wenn John Stavropoulos seinen USB-Stick im Sofitel absichtlich vor mir hat fallen lassen? Wenn er ihn mit Vorsatz vor meine Füße hat fallen lassen, um mich reinzulegen, in eine Falle zu locken? Aber was konnte man mir vorwerfen? Ich hatte weder etwas unterschrieben noch etwas versprochen, und ich hatte kein Geld angenommen. Der vielleicht einzige Fehler, der mir unterlaufen ist, war, meine Nachforschungen auf eigene Faust betrieben und niemanden ins Vertrauen gezogen zu haben. Vielleicht, wenn ich mich besser informierten Kollegen gegenüber geöffnet hätte, hätten die mich vor den Machenschaften der XO-BR Consulting warnen können, die ja möglicherweise bereits in der Vergangenheit als Teil eines Netzwerks von Cyberkriminellen aufgefallen war und unter Beobachtung stand, worauf man mich hätte hinweisen können. Aber auch dann würde diese Affäre sicher nicht auf mich persönlich zielen. Mittels meiner Person wollte man der Gemeinsamen Forschungsstelle für Wissenschaftliche Beratung und darüber hinaus der Europäischen Kommission schaden. Das Flugzeug hob ab in Richtung Peking, und ich hatte das Gefühl, mich in den Rachen des Löwen zu werfen.

Am darauffolgenden Tag traf ich nach kurzem Zwischenstopp in Peking gegen 15.00 Uhr am internationalen Flughafen von Dalian ein, wo ein junger Mann auf mich wartete, der sofort auf mich aufmerksam wurde, kaum dass ich die Ankunftshalle betreten hatte. Mir ist schleierhaft, wie er mich mit derartiger Sicherheit hatte erkennen können. Aber er zögerte keine Sekunde, schob sich durch die Menge und kam direkt auf mich zu. Als er mich erreichte, schien er noch zu telefonieren, hatte aber kein Telefon in der Hand, ein Apparat war unsichtbar, was ziemlich verwirrend war, man sah nur Kabel, die aus seiner Tasche bis zu seinen Ohren reichten, in denen zwei runde weiße Kopfhörer steckten, die aussahen wie die Ansatzstücke eines Stethoskops. Ein winziges Mikrophon war in das Kabel integriert, das er etwas entfernt vor sich zwischen seinen Fingern hielt, während er weiter mit seinem unsichtbaren Gesprächspartner auf Chinesisch redete. Ohne seine Unterhaltung zu beenden, fragte er mich auf Englisch, ob ich eine gute Reise gehabt hätte, und ich begnügte mich damit, beiläufig mit dem Kopf zu nicken. Ohne ein weiteres Wort folgte ich ihm durch die Halle, zog meinen Rollkoffer hinter mir her. Wir gingen Seite an Seite, wechselten nur wenige Male Blicke, während wir das Flughafengebäude verließen und zum Parkplatz gingen. Er half mir, meinen Koffer im Kofferraum zu verstauen, und bat mich, im Wagen Platz zu nehmen. Wir fuhren vom Parkplatz. Gelegentlich drehte er sich, ohne sein Telefonat auf Chinesisch zu unterbrechen, zu mir, um mir etwas zu sagen. Er erläuterte mir auf Englisch, wir würden zunächst nach Xuancheng fahren und die Mine Nr. 1 besuchen, die Hauptmine, wo sich auch die Geschäftsräume der BTPool Corporation befänden. Danach brächte er mich zu meinem Hotel. Ich willigte wortlos ein, und er widmete sich gleich wieder seiner Unterredung auf Chinesisch. Die Reise hatte mich müde gemacht, ich hatte im Flugzeug kaum geschlafen.

Wir waren auf die Autobahn gebogen, und ich döste auf meinem Sitz, betrachtete die riesigen elektrischen Lichtmasten und die im Bau befindlichen Gebäude, die sich am Straßenrand in einer dunstig verdreckten Stadtlandschaft aneinanderreihten. Am Rückspiegel hing zitternd ein Anhänger, und ich betrachtete nachdenklich den wippenden Glücksbringer, der aussah wie ein Golfball in Originalgröße, dekoriert mit einer Troddel aus Goldfasern. Eine Inschrift war in die genoppte Oberfläche des Balles graviert, ein gekrümmtes Ideogramm, dessen Bedeutung mir verborgen blieb (Glück? Erfolg? Gesundheit?). Während der ganzen Fahrt unterbrach mein Gastgeber kein einziges Mal wirklich sein Telefongespräch auf Chinesisch. Die Hände hielt er am Lenkrad, das Kinn aber leicht geneigt in Richtung des winzigen Mikrophons. Hin und wieder schob er einen Satz für mich ein und drehte sich dabei kurz zu mir für eine Nebenbemerkung auf Englisch. Was unseren Dialog nicht vereinfachte, denn kaum hatte er seinen Satz beendet und ich ihm antworten oder meinerseits eine Frage stellen wollte, war er schon wieder in seine Unterhaltung auf Chinesisch vertieft und schaute wieder auf die Straße. Ich hatte mein Telefon im Flugmodus belassen und hatte auch nicht die Absicht, diese Funktion während meines Aufenthalts in Dalian zu deaktivieren, ich wollte keine digitale Spur meiner Anwesenheit in China hinterlassen.

Als wir uns der Mine näherten, verlangsamte der Wagen sein Tempo, wir passierten vor einem Wächterhäuschen eine auf Schienen laufende, eiserne Schranke und hielten vor einem drei- oder vierstöckigen großen weißen Gebäude. Mein Gastgeber schaltete die Zündung aus, zog sich die Stöpsel aus den Ohren und verstaute sie in einem Etui. Als das erledigt war, drehte er sich, immer noch am Steuer zu mir und betrachtete mich mit zufriedener Miene. Wir sind da, sagte er. Bis zu diesem Zeitpunkt hatte ich ihm noch keine Frage stellen können (ich ließ ihn telefonieren), jetzt aber, wo wir aus dem Wagen stiegen, fragte ich ihn, ob Gu Zongqing uns empfangen würde. Meine Frage belustigte ihn. Er sagte, er selbst sei Gu. Er lachte kurz auf und entschuldigte sich, sich nicht formeller vorgestellt zu haben, da könne natürlich eine gewisse Irritation entstanden sein. Er zog seine Brieftasche heraus und überreichte mir seine Visitenkarte. Ich gab ihm im Austausch meine, nicht meine Geschäftskarte mit dem Kopf der Kommission, sondern eine der Visitenkarten, die ich mir vor meiner Abreise in Brüssel in einem Mister Copy habe drucken lassen, auf der nur mein Name und eine neutrale Berufsbezeichnung stand: *Policy Adviser.*

Gu war kaum älter als dreißig, er trug eine zierliche Brille mit Metallgestell und am Handgelenk eine nicht zu übersehende Digitaluhr mit gewölbtem Ziffernblatt. Unter seinem schwarzen, einen Spalt offenstehenden und mit einem Gürtel zusammengehaltenen Wollmantel, ahnte man ein Polohemd, ebenfalls schwarz, mit geradem, elegantem Schnitt. Das war er also, der geschäftsführende Direktor der BTPool Corporation. So hatte ich ihn mir allerdings nicht vorgestellt. Er hatte nicht das Aussehen eines Geschäftsmannes oder Firmenchefs, er machte eher den Eindruck eines jungen Informatikprofessors. Er führte mich ins Gebäude, sagte, er wolle mir jetzt die Mine zeigen. Ich folgte ihm durch die Tür, und wir durchquerten eine helle Vorhalle, von deren Wänden der Gips abblätterte. Der Ort war menschenleer, man hätte genauso gut in einem verlassenen Verwaltungsgebäude oder einer heruntergekommenen Landwirtschaftsschule sein können. Gu, der vor mir die Treppe hochstieg, erklärte mir in unsicherem Englisch, die Region von Dalian eigne sich aufgrund der klimatischen Bedingungen besonders gut für die Mining-Industrie. Die BTPool Corporation besitze etwa ein Dutzend solcher Minen in der Gegend, besonders im Umland von Dalian, aber auch etwas nördlicher in der Nähe von Shenyang, und schon musste er lauter sprechen, um gegen den Lärm der Gebläse anzukommen, der uns von den oberen Etagen entgegenkam. Wir liefen am ersten Stock vorbei, der nicht genutzt wurde, man sah im Vorbeigehen durch eine offenstehende Tür in einen riesigen leeren Saal. Je höher wir kamen, desto ohrenbetäubender wurde der Lärm der Gebläse. Im zweiten Stock bat er mich einzutreten, und ich war beeindruckt von dem Schauspiel, das sich meinen Augen bot. Tausende Mining-Maschinen liefen hier im ununterbrochenen Lärm der Gebläse auf vollen Touren. Die Apparate waren in einfachen Regalen aus verzinktem Stahl gestapelt, jedes Gehäuse, ebenso wie die Mikroprozessoren, an denen grünen Kontrolllämpchen leuchteten, waren ans Stromnetz und Internet angeschlossen, in einem Durcheinander von Zuleitungen und bunten Kabeln, blau, gelb und braun, die wie Zöpfe von den Regalen hingen und verschlungen und verwickelt auf dem Boden zu den Trafos in Elektroschränken weiterkrochen, auf deren Türen mit farbigem Filzstift Ideogramme und chiffrierte Aufschriften gemalt waren. Wir gingen einige Schritte weiter in den Raum, Gu schrie inzwischen mehr, als er sprach, um sich verständlich zu machen in dem unaufhörlichen Dröhnen des Saals. Die Regale, die sich, so weit das Auge reicht, in das Halbdunkel erstreckten, waren in Zonen A, B, C, D eingeteilt, dann nochmals unterteilt in Sektoren, und an jeder einzelnen Maschine war zur Identifikation eine farbige Aluminiumplakette angebracht, 40, 41, 42, 43. Um das Rumoren der Ventilatoren zu übertönen, schrie sich Gu heiser, erklärte mir, mehr als zweitausend Maschinen würden in diesem Saal arbeiten, und nochmals so viele gebe es im Stockwerk darüber. Mit dieser Ausrüstung könne man fünfundzwanzig Bitcoins am Tag schürfen, was bei einem Bitcoinkurs von zurzeit ungefähr tausend Dollar der Summe von zwanzig- bis dreißigtausend Dollar am Tag entsprach, also quasi siebenhunderttausend Dollar im Monat allein in diesem Gebäude. Ich beugte mich im Vorübergehen zu einem der Regale und musterte die Maschinen, um herauszufinden, um welches

Modell es sich handelte, es gelang mir aber nicht, ein Markenzeichen oder ein Logo zu erkennen. Gu ließ mich währenddessen wissen, dass jede Maschine mit einem integrierten Lüfter ausgestattet sei, um die Überhitzung der elektronischen Bauteile zu verhindern, weil die Temperaturen der Grafikkarten während der Rechenprozesse bis auf 70 Grad ansteigen können. Es war ein wahrhaft bedrückendes Gefühl in diesem riesigen, düsteren Saal mit der niedrigen Decke und der erstickenden Hitze. Zu dem unaufhörlichen Dröhnen der auf Hochtouren laufenden Maschinen kam noch der ohrenbetäubende Lärm von Dutzend industriellen Klimaanlagen, die an den Fenstern installiert waren und die die Luft permanent umrührten, um die Umgebungswärme abzuführen. Man spürte sogar einen lauwarm-frischen Wind im Gesicht, wenn man sich den Luftabzugshauben näherte, die mit robusten Schutzgittern wie ein Käfig eingefasst waren. Wir hatten das andere Ende des Saales erreicht, und Gu hieß mich durch eine Glastür gehen, die zu den Geschäftsräumen der Firma führte. Wir passierten einen engen Flur, von dem zwei oder drei Räume abgingen. Ohne einzutreten, warfen wir einen Blick in den Bereitschaftsraum der Techniker, mit zwei Feldbetten und einem Resopaltisch, auf dem Essensüberreste und benutzte Plastikstäbchen lagen. Ein Typ in Socken lag mit angezogenen Knien auf einem der Feldbetten und suchte etwas auf seinem Smartphone. Er hob wortlos die Augen in unsere Richtung. Auch das benachbarte Zimmer betraten wir nicht, ein schmaler Raum für den Sicherheitsdienst mit einer Wand voller Bildschirme, die feststehende Bilder der über die ganze Anlage hinweg installierten Überwachungskameras lieferten, sowohl von außerhalb des Gebäudes, mit einer Einstellung auf die Einfahrt des Geländes, als auch von den Maschinensälen, wo aus verschiedenen Winkeln das grüne Blinken Hunderter aneinandergereihter Mining-Maschinen in den Regalen zu sehen war. Gu ging mir im Gang voraus und ließ mich in den letzten Raum eintreten, das Kontrollzentrum des Unternehmens. Computer überwachten in Echtzeit die laufenden Prozesse, man sah Datensätze über Monitore laufen, die sich ständig auf den neuesten Stand brachten. Ein junger Mann in einem verwaschenen Sweatshirt mit grauer Kapuze hing träge auf seinem Bürostuhl mit Rollen, sehr jung, mit rundlichem Gesicht und schneckenförmigen Bluetooth-Kopfhörern auf den Ohren. Er erhob sich und kam sich vorstellen. Es war der für die IT verantwortliche Techniker der Mine. Er sagte, er heiße Feng Jinmin, wollte aber Jimmy genannt werden, er hatte seinen Vornamen Jinmin amerikanisiert in Jimmy. Er sprach ein fließendes Englisch mit einem beeindruckenden amerikanischen Akzent. Er kam hier aus der Gegend, aus Shenyang in Liaoning, war neunzehn Jahre alt. Er hatte in Amerika an der *UC Berkeley School of Information* studiert und gerade ein zweimonatiges Praktikum an der *IEEE Computer Society of Silicon Val-*

ley absolviert. All das erzählte er mir in einem Atemzug, ohne einmal Luft zu holen. Gu schien verärgert, dass er derart meine Aufmerksamkeit auf sich lenkte, und fragte mich, ob ich Tee wolle. Ohne die Antwort abzuwarten, hockte er sich hin und schloss einen elektrischen Wasserkocher an eine Steckdose an. Er holte zwei Porzellanschalen und stellte sie auf den Schreibtisch, wobei er im Vorübergehen einen Blick auf die Computer warf. Jimmy seinerseits sagte nach seiner ersten Tirade nichts mehr. Er stand in der Mitte des Raums und wippte nervös in den Knien. Man spürte seine Anspannung, er war zappelig, blieb in Wartestellung, um jederzeit auf Knopfdruck wieder loszulegen, falls man es von ihm verlangte. Besuche mussten hier selten sein, er hatte das Bedürfnis zu reden, das spürte man. Gu goss mir Tee ein, und wir tauschten ein paar Worte über die Aktivitäten der BTPool Corporation aus. Ich erfuhr, dass die Maschinen an allen Standorten der Firma sieben Tage die Woche rund um die Uhr liefen, was einen phänomenalen Verbrauch an Strom bedeute, wie mir Gu eingestand, ohne jedoch die geringste Regung zu zeigen, als ob er einen gewissen Stolz aus dieser Maßlosigkeit ziehen würde, völlig gleichgültig gegenüber der Energieverschwendung, die das für die Umwelt darstellen konnte. Um mir eine ungefähre Vorstellung zu geben, sagte er, ihre monatlichen Stromrechnungen betrügen bis zu zweihunderttausend Yuan, also fast fünfundzwanzigtausend Euro. Als ich ihn fragte, wie es um die rechtlichen Grundlagen stehe, welche Regelungen es für solche Serverfarmen in China gebe, antwortete er mir mit einem anscheinend gut eingeschliffenen Vortrag, dass zum aktuellen Zeitpunkt die chinesische Regierung eine abwartende Haltung einnehme, also weder das Schürfen von Bitcoins fördere noch es untersage, was man als eine stillschweigende Unterstützung werten könne. Ich trank einen Schluck Tee. Die Anlagen sind also alle angemeldet, sagte ich zu ihm. Oh ja, natürlich, alles ist rechtmäßig, antwortete er. Was nicht ganz die Antwort auf meine Frage war. Da gibt es wohl eine Nuance zwischen der Anmeldung der Anlagen und dem Operieren innerhalb der Rechtmäßigkeit, und mir fiel wie schon vor einigen Tagen bei John Stavropoulos auf, dass man einmal mehr Gefallen daran fand, die jungfräuliche Fahne der Rechtmäßigkeit zu schwenken. Jimmy hatte sich wieder vor seine Computer gesetzt, wohl wenig tangiert von Fragen von Regeln und Vorschriften. Irgendwann verließ Gu das Zimmer, und Jimmy stand sofort wieder von seinem Bürostuhl auf, um das Gespräch mit mir fortzusetzen, nicht unbedingt aus Neugier, um zu erfahren, woher ich komme und was ich in China mache, er wollte vielmehr sich selbst hervortun und sein Wissen über das Silicon Valley und seine Beherrschung der innovativsten Technik elektronischer Datenverarbeitung an den Mann bringen. Fünf Minuten später kam Gu wieder und sah, wie Jimmy neben mir stand und mir eine App auf seinem

Telefon vorführte, die er gerade auf sein Telefon heruntergeladen hatte. Das Komplizenhafte, das sich zwischen uns eingestellt hatte, blieb Gu nicht verborgen, und ich spürte, dass ihm dieses unerwartete heimliche Einverständnis nicht gefiel. Er legte sichtlich keinen Wert darauf, dass sich zwischen uns eine engere Beziehung entwickelte. Es kam von ihm keine Bemerkung, sein strenger Blick hatte ausgereicht, und Jimmy folgte ohne ein weiteres Wort dem stummen Befehl Gus und setzte sich wieder vor seine Computer.

Ich stand an die Wand gelehnt, hielt meine Teeschale in der Hand, blieb weiterhin zurückhaltend und wollte vermeiden, zu offen in ungeschütztes Gebiet vorzustoßen. Ich spürte, dass der Moment noch nicht gekommen war, herauszufinden, ob mein Verdacht begründet war. Auch hatte ich den Eindruck, dass ich sicher von Jimmy Informationen bekommen würde, und nicht von Gu, der sich bedeckt hielt. Jimmy musste man sicher nicht lange bitten, damit er mir erzählte, was er wusste, ich musste ihn nur erneut einmal einen Moment allein erwischen. Aber Gu war wachsam, oder er hatte instinktiv Misstrauen, er achtete darauf, zwischen uns eine Art unsichtbarer Barriere zu errichten. Er war es auch, der dann unser Gespräch abkürzte. Einer plötzlichen Eingebung folgend, nahm er mir die Schale aus der Hand, stellte sie auf einen Blechschrank und forderte mich auf, mit ihm den Raum zu verlassen. Im Treppenhaus, als wir wieder hinuntergehen wollten, fragte ich ihn, ob wir auch die dritte Etage besuchen könnten, er sah hier keinen Hinderungsgrund. Er ging mir auf der Treppe voraus, und wir kamen in einen neuen Saal mit Mining-Maschinen, in dem dieselbe Hitze und derselbe ohrenbetäubende Krach der Gebläse herrschte. Wir gingen im Halbdunkel zwischen zwei mit Kabelsträngen und Mining-Maschinen vollgestopften Regalen vorbei. Gu hatte wieder die Rolle als Führer übernommen, ging mir voraus und setzte den Besuch fort, indem er sich von Zeit zu Zeit immer wieder umdrehte, um mir das eine oder andere technische Detail zu erläutern. Am anderen Ende des Saales waren etwas abseits in einer Ecke Hunderte von alten oder ausgemusterten Mining-Maschinen gestapelt. Die Halbwertszeit dieser Technik war schwindelerregend, manche Maschinen, nicht mal achtzehn Monate alt, galten schon als archaisch. Gu wies mit einem Arm auf den Stapel mit ausrangierten Maschinen und erklärte, dass das Maschinen seien, die man nicht mehr reparieren würde, es käme teurer zu stehen, sie auseinanderzubauen und wieder instand zu setzen, als neues und leistungsfähigeres Material zu kaufen. Die Maschinen, die momentan hier arbeiteten, hätten eine weitaus höhere Hashrate. Die hier dagegen, sagte er mit deutlicher Verachtung in seiner Stimme, das sind alte Avalon-Maschinen, die fressen weit mehr Strom als die AntMiner. Als wir kehrtmachten, fragte ich ihn, um welches Modell es sich bei den im Moment laufenden Maschinen in den Regalen handele. Vor allem um Ant-Miner S9, antwortete er, das neueste Modell und das bei weitem leistungsfähigste. Ich fragte ihn, ob er auch den AlphaMiner 88 einsetzen würde, und er verstummte. Er sah mich an. Es war, als hätte ich ihn auf einen Schlag zum Stehen gebracht, seinen Schwung zerstört. Überrascht sah er mich an, plötzlich besorgt. Er sagte mir, er wisse nicht, wovon ich rede.

Nach einem Moment der Unschlüssigkeit – meine Anspielung auf den AlphaMiner 88 hatte ihn völlig aus dem Konzept gebracht – fing sich Gu wieder. Wir kamen zum Parkplatz zurück und verließen die Mine Nr. 1. Während er mich zum Hotel fuhr, war Gu wieder der perfekte Gastgeber, der den Auftrag hatte, mir die Aktivitäten seiner Firma vorzustellen, er erklärte, dass die BTPool Corporation eine Tochtergesellschaft des Konzerns Dalian Weilei Technologies sei. Ich hatte von diesem Konzern noch nie gehört, und als ich ihn um genauere Angaben über die Gesellschaft bat, meinte er, ich würde die Manager des Konzerns noch am selben Abend treffen anlässlich eines Abendessens, das zu meinen Ehren in einem Grandhotel von Dalian veranstaltet werden würde. Mein Besuch wurde offenbar weit wichtiger genommen, als ich erwartet hatte. Außer diesem besonderen Abendessen zu meinen Ehren (der *Chief Executive Officer* des Konzerns würde persönlich dazu einladen), erklärte Gu weiter, sei übrigens für den nächsten Tag ein Treffen in der Stadtverwaltung von Dalian organisiert worden, in Anwesenheit des französischen Generalkonsuls von Shenyang. Die Erwähnung dieses Diplomaten schmeckte mir überhaupt nicht, es wäre mir lieber gewesen, wenn mein Aufenthalt hier keinen derart offiziellen Charakter bekommen hätte, aber John Stavropoulos und seine chinesischen Auftraggeber, die mich ganz offensichtlich als einen wertvollen Fang betrachteten, hatten beschlossen, mich zur Schau zu stellen, und sich bemüht, um mich herum eine möglichst große Zahl ausländischer Repräsentanten und örtlicher Funktionäre zu versammeln. Ich überlegte, wie ich versuchen könnte, mich aus dieser Verpflichtung zu befreien, und sagte Gu, ich würde schon am nächsten Morgen nach Tokio weiterfliegen. Ohne den Kopf zu mir zu drehen, weiter den Blick auf die Straße gerichtet, sagte Gu, er wisse das, und deshalb sei das Treffen bereits auf 9.30 Uhr festgesetzt worden, und direkt im Anschluss daran bringe er mich zum Flughafen, ich müsse mich also nicht sorgen (ich fragte mich kurz, wieso er schon wieder die Abflugzeit meines Fluges kannte, ich erinnerte mich nicht, sie wem auch immer mitgeteilt zu haben). Gu ließ mich vor dem Hotel aussteigen und sagte, er würde mich in zwei Stunden zum Abendessen abholen.

Im Dalian Yuan Hotel duschte ich und legte mich dann einen Moment im Dunkeln hin, wollte mich etwas ausruhen und wieder zu Kräften kommen. Danach begann ich mich anzuziehen. Ich ließ mir Zeit, trödelte in Socken und mit lose um den Hals hängender Krawatte durch mein Hotelzimmer. Der Fernseher war eingeschaltet, es lief ein chinesischer Sender. Missgelaunt hatte ich mit der Fernbedienung herumgezappt, ohne Hoffnung, ein englischsprachiges Programm zu finden. Ich machte mich schließlich fertig und ging zur Rezeption hinunter, Gu wartete bereits im Foyer auf mich. Das Grand Hyatt von Dalian liegt auf der gegenüberliegenden Seite der Bucht, die Fahrt dorthin dauerte etwa eine halbe Stunde. Die angestrahlte Glasfassade des Hotels ragte am Ufer des dunklen Gewässers der Bucht von Dalian in die Nacht. Das Abendessen fand in einem privaten Salon in der achten Etage statt, wo die Manager des Konzerns uns bereits erwarteten. *The Chief Executive Officer* der Dalian Weilei Technologies war in Wahrheit eine Frau und kaum älter als Gu. Als ich Frau Li vorgestellt wurde, blickte sie mir direkt in die Augen. Sie war nicht sehr groß, aber einschüchternd, sie hatte eine zierliche Gestalt, schmale und gepflegte Hände und ein herrisches Lächeln. Sie trug einfache Kleidung von großen Marken, ohne sich damit zur Schau zu stellen, eine schwarze Seidenbluse und wenige unauffällige Schmuckstücke, die wahrscheinlich ein Vermögen wert waren. Neben ihr stand ein älterer Mann, ihr Faktotum oder Privatsekretär, der sich jedes Mal Notizen in sein Telefon machte, wenn sie sich mit schneidendem Blick an ihn wandte, damit er einen Wunsch, den sie geäußert hatte, oder eine offene Frage, die zu einem späteren Zeitpunkt geklärt werden sollte, festhalte. Von ihr ging eine natürliche Autorität aus, sie beherrschte ebenso höflich wie resolut das Gespräch am Tisch, und keiner unterbrach sie. Sie kannte bestens die Unterlagen, wusste, dass ich für die Europäische Kommission arbeitete, und während ein Ballett von uniformierten Kellnern hinter uns die Gerichte auf dem runden Tisch verteilte, bekam ich die Gelegenheit, ein wahrhaft professionelles Referat zu hören. Frau Li vertraute mir an, dass ihr Konzern im Osten Europas, in Rumänien und Bulgarien, große Ziele verfolge, sie sprach zu mir von ihrem Vorhaben, in Haskovo Minen anzusiedeln, erzählte von einem weiteren Projekt in Rumänien, das in ihren Augen noch wichtiger war, von dem ich überhaupt noch nichts gehört hatte. Es gebe zwar keine offizielle Vorschrift, die chinesische Firmen ausdrücklich von Ausschreibungen der Europäischen Kommission ausschließe, aber es sei doch bekannt, dass der politische Druck im Grunde so stark sei, dass in der Praxis die Kommission niemals direkt Computer von einer chinesischen Firma kaufen würde. Das sei eine Tatsache, sagte sie und pickte sich ein winziges Stück Tofu mit ihren Stäbchen heraus, und ich musste eingestehen, dass sie da recht hatte. Und aus diesem Grund gehen wir den Weg über Vermittler, sagte sie mir, es gibt keine andere Wahl für uns. Die ultraspezialisierte Computer-Hardware, die wir produzieren, ist nicht nur die weltweit leistungsstärkste auf dem Markt, sondern unser technischer Vorsprung im Bereich integrierter Schaltkreise und Grafikkarten ist auch derart groß, dass wir außerhalb Chinas konkurrenzlos sind. Sie kennen die XO-BR Consulting, nicht wahr?, fragte sie mich und machte eine Pause. Sie trank einen Schluck Tee und erklärte mir dann, dass sämtliche Hardware-Verkäufe ihrer Gruppe in Europa über die XO-BR Consulting abgewickelt würden, die dadurch faktisch nicht nur ihre Vertretung, sondern gleichzeitig auch ihr bester Kunde sei. Zwei wichtige Verträge würden in Kürze abgeschlossen, der eine betreffe den Verkauf von fünfhundert Mining-Maschinen ASIC nach Bulgarien, der andere mit fast zweitausend Mining-Maschinen Rumänien, aber wie ich ja sicher bereits wisse, hinge die endgültige Unterschrift unter die beiden Verträge noch vom Erhalt der Fördermittel des regionalen Innovationsfonds der Europäischen Kommission ab, die Anträge seien bereits vorbereitet, der Prozess sei aber noch im Gange. Wie mir bereits Mr. Stavropoulos mitgeteilt haben dürfte, warteten die betreffenden Firmen noch auf meine Expertise, ich sollte die Unterlagen einsehen und mit der europäischen Rechtsprechung konform machen, eine Rechtsprechung, die sie selbst, wie sie zugeben müsse, und sie lächelte mich entschuldigend an – es war ein raubtierhaftes Lächeln –, nicht besonders gut kenne. Ich antwortete ihr, man habe mir in der Tat Unterlagen für den Antrag einer bulgarischen Firma für eine europäische Regionalförderung weitergeleitet, die ich auch gelesen und an denen ich nichts auszusetzen gehabt hätte. Ich würde mich hier aber nicht weiter verpflichten wollen. Ich beobachtete Frau Li und fragte mich, ob sie Mitglied der kommunistischen Partei Chinas war oder ob ihrem Vater vielleicht eine wichtige Führungsrolle zukam, sie also eine Art Erbin sei, oder – ich neigte eher zu diesem Gedanken – ob sie durch eigene Leistung an die Spitze des Konzerns gekommen war. Ich fragte mich, bis zu welchem Grad sie dem chinesischen Staat verpflichtet war. In einem für den Staat derart sensiblen Bereich, wie es die neuen Technologien waren, erschien es mir wenig wahrscheinlich, dass ein »privater« Konzern, der gewiss, ob aus der Nähe oder aus der Distanz, auf welche Weise auch immer, in industrielle Cyberspionage verwickelt war, sich ohne die Unterstützung oder zumindest die wohlmeinende Neutralität höchster chinesischer Stellen so weit hätte entwickeln können. Zwischen ihrem Konzern und der Regierung in Peking mussten verschwiegene Verbindungen geknüpft worden sein, vielleicht gab es sogar Beziehungen zu dem Teil der chinesischen Armee, der für militärische Operationen im Cyberspace zuständig war. Man konnte also davon ausgehen, dass die Unabhängigkeit von Dalian Weilei Technologies äußerst relativ war, und klar war auch, dass die Verantwortlichen, und hier in erster Linie Frau Li, gehalten waren, dem chinesischen Staat gegenüber Rechenschaft abzulegen. Am Ende des Abendessens, wir saßen bei Tisch und aßen ohne großen Appetit noch kleine Stückchen Melonen und Drachenfrucht, kam es zu einer leichten Unentschlossenheit, deren glückliches Ende das Signal zum Aufbruch gab, man erhob sich, zog die Mäntel an und packte seine Sachen zusammen, bevor es in Richtung der Aufzüge ging. Frau Li, die nicht wusste, dass ich mein Hotelzimmer selbst gebucht hatte, und die glaubte, dass ich als Gast ihres Konzerns von Gu im Hyatt untergebracht worden war, schien verärgert und fragte mich, in welchem Hotel ich abgestiegen sei. Als ich das Dalian Yuan Hotel nannte, machte sie als Zeichen ihrer Skepsis eine abschätzige Geste und zog einen schiefen Mund, der in etwa bedeuten konnte »nie davon gehört«. Sie drehte sich zu ihrem Sekretär um und wies ihn an, mir ein Zimmer für diese Nacht im Hyatt zu besorgen, das sei viel einfacher und komfortabler für mich. Sie war überrascht, als ich das ablehnte, auch in höflicher und entschiedener Form.

Während Gu mich zum Hotel zurückfuhr, dachte ich im Auto darüber nach, wie sehr die Wirklichkeit doch jeder Vorstellung, die wir uns von ihr machen, überlegen ist. Um die Welt zu vermessen, ist es schließlich doch ein großer Unterschied, ob man in Brüssel in seinem Büro sitzt und über eine abstrakte Welt nachdenkt, über die wir im Prinzip alles bestens wissen (tatsächlich verfügen wir in der Kommission über Tausende Berichte und Statistiken über die aktuelle Lage in China), oder ob man sich von Zeit zu Zeit die wirkliche Welt anschaut, so wie sie ist, an Ort und Stelle. Bei der Kommission existierte China noch als eine ferne Verallgemeinerung. Natürlich wusste jeder, was man von China zu halten hatte und von seinem unaufhaltsamen Aufstieg, den es im 21. Jahrhundert vollziehen würde. Jeder wusste es, aber noch niemand hatte das wahre Ausmaß erkannt (man glaubte einfach nur, dass man es wissen musste). Selbst meine am besten unterrichteten Kollegen betrachteten China immer noch mit Herablassung, und es kursierten noch viele Klischees über ein China, das nichts aus sich selbst heraus schafft und sich mit Kopien begnügt, doch im Bereich technischer Innovation musste Shenzen heute nicht mehr auf Silicon Valley neidisch sein. Der Konzern Dalian Weilei mochte erst seit zehn Jahren existieren, vielleicht sogar erst seit fünf Jahren. Die Geschichte der Blockchain-Technologie und folglich auch die der Maschinen, die der Konzern herstellte und verkaufte, ist weniger als zehn Jahre alt. Frau Li steht im Alter von nicht einmal vierzig Jahren bereits an der Spitze eines Konsortiums von Firmen elektronischer Datenverarbeitung, die mehrere Milliarden Yuan wert sein dürften. Eine solche Dynamik ist nur denkbar, weil es in China nicht diese hyperverbindlichen Reglementierungen gibt, die wir in Europa mit großem Stolz hochhalten. Vielleicht muss man darin einen strukturellen Fehler Europas erkennen, aber es ist eine Tatsache, dass wir uns ständig ausbremsen und uns Fesseln anlegen, aus Respekt gegenüber geltenden Normen des Umweltschutzes, wegen unserer Moral, unserer Ethik, unseres humanistischen Ideals, das wir der Welt demonstrieren. Das gereicht uns natürlich zur Ehre, und Europa gilt ja auch in der ganzen Welt als vorbildliches Modell der Integrität, von Rechtschaffenheit und Aufrichtigkeit (Europa, alles in allem, um die Worte meines Großvaters De Groef aufzunehmen, schaut mit falscher Bescheidenheit nur auf sich selbst und hat nur den einen Fehler, keinen zu haben).

Gu setzte mich vor dem Eingang des Dalian Yuan Hotels ab und sagte, dass er mich am nächsten Morgen um 9.00 Uhr abholen und zu dem von ihm organisierten Treffen mit Repräsentanten der Stadtverwaltung von Dalian fahren würde. Ich grüßte ihn zum Abschied und beobachtete, wie sein Wagen in der Nacht verschwand. Zurück in meinem Hotelzimmer schaute ich auf die Uhr, es waren noch keine 22.00 Uhr. Ich zog Gus Visitenkarte aus der Tasche, betrachtete sie einen Moment. Ich stand am Fenster, hatte meinen Mantel noch nicht einmal ausgezogen. Der Widerschein der Neonlichter von der Straße streifte über mein Gesicht, und während ich die Visitenkarte von Gu betrachtete, dachte ich nach. Eine Idee formte sich in meinem Kopf. Da die Adresse auf der Visitenkarte wahrscheinlich nicht seine Privatadresse, sondern die Adresse der Mine Nr. 1. war, konnte mich nichts daran hindern, jetzt ein Taxi zu nehmen und mich zur Mine fahren zu lassen. Ich verließ das Zimmer und ging wieder hinunter ins Foyer. Bevor ich das Hotel verließ, bat ich die uniformierte Dame an der Rezeption nachzuschauen, ob sich die auf der Visitenkarte angegebene Adresse tatsächlich in Xuancheng befindet, wie ich mich erinnerte, hatte Gu am Nachmittag diesen Namen im Wagen erwähnt. Die Dame studierte die Karte und bestätigte mir, dass sich die Adresse in Xuancheng befand. Ich bat sie, die Adresse für den Taxifahrer auf ein Blatt Papier zu schreiben. Dann auf ein anderes Blatt: »Können Sie bitte auf mich warten, ich komme zurück.« Ich wollte mich absichern, ich hatte nicht die Absicht, mich mitten in der Nacht an der Mine absetzen zu lassen und später in einer gottverlassenen Gegend zu stranden und nicht zu wissen, wie ich wieder ins Hotel zurückkam. Die Rezeptionistin schrieb mir den Satz in chinesischen Schriftzeichen, die ich einen Augenblick anschaute: 请稍等, 我还回来。

Ich ging aus der Halle, hielt einen Moment auf der Vortreppe. Es standen keine Taxen mehr vor dem Hotel, es fuhren aber welche auf der Straße vorbei. Ich hob den Arm und ein grüngelbes Taxi, vollbemalt mit Ideogrammen, hielt vor mir am Bürgersteig. Ich nahm im Wagen Platz, beugte mich zum Fahrer vor und gab ihm die Adresse. Er setzte die Brille auf, las das Papier und gab es mir nickend zurück, er schaltete den Zähler an und fuhr los. Wir entfernten uns im Verkehr, die meisten Geschäfte in diesem belebten Viertel meines Hotels waren noch geöffnet, rote und blaue Neonlichter blinkten über den Schaufenstern der Restaurants. Wir fuhren entlang der Bucht von Dalian, überquerten nach einer Weile eine beleuchtete Brücke. Durch die Fenster schaute ich auf diese mir unbekannte Stadt und überlegte, dass in dieser Paranthese meines Lebens, die meine Chinareise darstellte, in der Mitte der Leerstelle in meinem Zeitablauf, sich gerade eine weitere Paranthese öffnete, eine Paranthese in der Paranthese sozusagen, noch geheimer, noch schwindelerregender. Ich war gerade dabei, tief in die Klandestinität vorzudringen, so dass niemand mehr auf der Welt von diesem Moment an mehr wüsste, wo ich war und was ich gerade im Begriff war zu tun.

Das Taxi fuhr etwa zwanzig Minuten auf der Autobahn, ich konnte nicht sagen, dass ich die Gegend wiedererkannte, empfand aber keine besondere Unruhe, ich hatte das Gefühl, dass wir in die richtige Richtung fuhren. Nachdem wir die Autobahn verlassen hatten, ging es auf einer Nebenstraße noch etwa weitere zehn Minuten über Land. Dann verlangsamte das Taxi seine Fahrt und hielt schließlich an. Ich schaute aufmerksam aus dem Fenster in die Finsternis und erkannte im Dunkeln das Wachhäuschen an der Einfahrt der Mine wieder, das nicht beleuchtet war. Ringsum brannte kein einziges Licht, die erste Straßenlaterne stand mehr als fünfzig Meter weit weg. Der Fahrer sagte etwas auf Chinesisch zu mir, woraufhin ich ihm das Blatt Papier hinhielt, das mit der Bitte, auf mich zu warten, er nahm es ohne weitere Reaktion zur Kenntnis, es kam weder eine Zustimmung noch ein Protest. Ich öffnete die Wagentür und ging durch die Dunkelheit in Richtung der Mine. Die Schranke war zum Teil geschlossen, aber nicht vollständig, es blieb eine Lücke von zwei oder drei Metern zwischen dem leeren Wächterhäuschen und der Schranke, durch die ich passieren konnte. Auf dem Parkplatz warf nur eine einsame Neonröhre ihr fahles Licht auf den Boden. Ich drehte mich beunruhigt zum Taxi um, in der Furcht, es könne wegfahren. Aber das Taxi parkte immer noch an derselben Stelle im Halbdunkel, etwa zehn Meter entfernt, mit ausgeschalteten Scheinwerfern, nur das Taxischild auf dem Dach leuchtete und warf einen schwachen gelben Schimmer in die Nacht. Ich überquerte geräuschlos den Parkplatz und betrat das Gebäude. Im Eingangsbereich blieb ich schlagartig am Fuß der Treppe stehen, ich sah die Hand vor Augen nicht, nicht einmal ein Notlicht gab es. Man konnte kaum die Umrisse des Treppenhauses erkennen. Ich holte mein Telefon aus der Tasche und wischte mit dem Finger über das Display, aktivierte die Taschenlampe. Mit dem Telefon in der Hand, das ein abgegrenztes mobiles Licht auf meine Schritte warf, betrat ich die Treppe. Ich war noch keine zehn Stufen gestiegen, als mir aus dem Saal im ersten Stock der Lichtstrahl einer Stablampe entgegenkam, sicher ein Wachmann, dachte ich, der seine Runde machte und mich bemerkt hatte. Ich blieb mit klopfendem Herzen stehen, erst als sich weiter nichts tat und auch der Lichtstrahl sich nicht mehr bewegte, begriff ich, dass es das Licht meiner eigenen Taschenlampe war, das von einer der Scheiben der Glastür im ersten Stock reflektiert wurde. Ich setzte meinen Weg fort und betrat den Saal mit den Rechnern und dem darin herrschenden Höllenlärm. Tausende kleiner grüner Kontrollleuchten blinkten in der Finsternis, manche schneller, wie besessen, andere sehr schwach, sie sendeten absterbende Signale, wie Glühwürmchen kurz vor dem Erlöschen. Ich lief weiter in den Saal hinein in Richtung der Technikräume. Der Lärm der Maschinen hatte einen stärker metallenen Klang, war greller und zischender, als ich es in Erinnerung hatte, als hätten sich Insektenkolonien an die Regale geklebt und ließen ihr anhaltendes Zirpkonzert hören. In einiger Entfernung kam mir erneut der Widerschein meiner Taschenlampe von der Glastür entgegen, die zu den Technikräumen führte. Vorsichtig und ohne ein Geräusch zu machen, öffnete ich die Tür, es war eine unnötige Vorkehrung angesichts des hier herrschenden Lärms, aber mein Körper war angespannt und wachsam, verlangte von mir, jede Bewegung mit Vorsicht auszuführen, sie runder zu machen, in der Ausführung bedachtsamer. Leise trat ich in den Flur, setzte meinen Weg fort, kam am ersten Zimmer vorbei, ohne auch nur einen Blick hineinzuwerfen, wusste ich instinktiv, dass sich darin zwei Personen befanden. Die Tür zum Raum des Sicherheitsdienstes stand halb offen, mir war klar, dass ich seit meiner Ankunft wohl ein gutes Dutzend Mal im Radius der Überwachungskameras aufgetaucht sein musste. Aber der Raum war leer, niemand hätte mein Eindringen auf den Bildschirmen verfolgen können. Ich lief weiter, immer noch ohne ein Geräusch zu machen. Am Ende des Flurs brannte ein Licht, und als ich in den Raum trat, fand ich Jimmy wieder auf seinem Bürosessel sitzend, am selben Platz wie heute Nachmittag. Er hatte die Augen auf einen Bildschirm gerichtet, trug eine Baseball-Cap verkehrt herum auf dem Kopf und hielt einen großen Pappbecher in der Hand, aus dem er mit einem Strohhalm nachdenklich den Inhalt saugte. Er drehte sich ohne ein Zeichen der Überraschung zu mir um und lächelte mich an, fragte, wo Gu sei. Ich antwortete, er würde noch kommen – ich sagte es, ohne nachzudenken, ich hatte mir vorher keine Gedanken gemacht, aber es war sicherlich die beste Antwort, die ich ihm hatte geben können. Er verlangte keine weitere Erklärung, es interessierte ihn im Grunde nicht, wo Gu war. Ich ging zu ihm hin und blieb hinter ihm stehen, studierte über seine Schulter hinweg einige der rätselhaften Zeilen, die über den Schirm seines Computers liefen: [2016-12-15 22:26:23] *starter cgminer* 2.7.5 [2016-12-15 22:26:23] *Probing for an alive pool.* Er streckte sich gähnend, sagte, er sei müde, seit dem frühen Nachmittag war er auf seinem Posten. Ich fragte ihn, worin seine Arbeit hier bestünde, und er antwortete mir, Routine, vorwiegend müsse er die Prozesse überwachen, dass eben alles normal funktioniere. Selbst wenn die Datenkolonnen vor ihm auf dem Bildschirm sehr komplex aussehen mögen, sobald die Maschinen einmal in Gang wären, beschränke sich seine Rolle darauf, das Ganze zu kontrollieren. Das sei wie bei einem Flugzeug, sagte er, wenn es einmal gestartet ist, dann hat man nichts mehr zu tun, man muss nur präsent sein, für den Fall, dass etwas Unerwartetes passiert. Er saugte geräuschvoll einen weiteren Schluck aus seinem Becher und fügte hinzu, in den Vereinigten Staaten habe er gelernt, eine Boeing zu fliegen. Er hob den Kopf in meine Richtung, um meine Reaktion abzuwarten. Ich ließ ihn reden, ich gab nicht viel auf seine Angebereien, mit Sicherheit hatte er das Fliegen an einem Simulator gelernt, die Wirklichkeit hatte bei ihm die Tendenz, sich mit ihren virtuellen Darstellungen zu vermengen. Aber die Zeit drängte, ich musste zur Sache kommen. Ich fragte ihn, ob er Rechner vom Typ AlphaMiner 88 kennen würde, und er antwortete mir mit einem ausweichenden Ja, ohne weiter auf meine Frage einzugehen. Es hätte ebenso gut die Wahrheit sein können, wie auch seine Unlust, von der Existenz einer Mining-Maschine zu erfahren, von der er noch nie gehört hatte. Auch wenn ich davon ausging, dass er darüber mehr wusste, schien er wenig bereit, mit seinem Wissen herauszurücken. Jedenfalls schien der Weg versperrt, auf diese Weise würde ich nichts erfahren. Ich lenkte das Gespräch deshalb auf digitale Speicher. Das Falsche predigend, um das Wahre zu erfahren, sagte ich ihm, dass die neuesten Modelle wohl nicht zu knacken seien. Aber auch bei diesem Köder wollte er nicht anbeißen. Wenn er in der Lage gewesen wäre, in so einen digitalen Speicher einzubrechen, oder wenn er es in der Vergangenheit schon gemacht hatte, mit Sicherheit hätte er sich dessen schamlos gerühmt und mir in seiner verwirrenden Naivität alles erzählt. Er gehörte zu der Generation junger, hochbegabter Informatiker, denen die Moral egal war und die aus Prahlsucht und purer Angeberei bereit waren, alles zu tun, wenn sie damit nur ihre außergewöhnliche technische Begabung und ihre Findigkeit unter Beweis stellen konnten. Sie waren von Technik fasziniert, aber ohne irgendeine Bremse oder moralische Schranke, die sie hätte im Zaum halten können, sie waren vollständig abgekoppelt von jeder Wirklichkeit und ohne jede Vorstellung von den tatsächlichen Auswirkungen ihres Handelns auf diese. Jimmy dürfte sich hier nicht wesentlich von jenen chinesischen Cyberpiraten unterscheiden, denen es gelang, in Datensysteme von Banken einzudringen, und die wie in einem Spiel Geldautomaten auf anderen Kontinenten den Befehl gaben, Geld auszuzahlen, das ein Komplize in ihrem Auftrag abheben sollte. Ich hatte mir einen Stuhl herangezogen und mich neben ihn vor die Monitore gesetzt. Ich fürchtete bereits, ich würde an diesem Abend nichts mehr aus ihm herausbekommen und aller Wahrscheinlichkeit auch nicht die Bestätigung erhalten, deretwegen ich gekommen war. Ich sah keinen Weg, wie ich die Sache mit der Backdoor ins Gespräch, mit welchem Vorwand ich das Thema auf den Tisch bringen könnte, wie die Frage formulieren, bis ich mich nicht weiter um Vorsichtsmaßnahmen und Formulierungen scherte, mich zu ihm drehte und einfach das Wort »Backdoor« aussprach. Ich sagte es mit einer leicht fragenden Betonung in der Stimme, es kam wie eine Frage oder besser eine Kampfansage, und es war die Zauberformel. Als er mich das Wort »Backdoor« sagen hörte, hellte sich seine Miene auf und etwas löste sich in ihm, ein Riegel wurde zurückgeschoben, und wie von einem plötzlichen inneren Feuer angetrieben, einer Flamme, einer Inbrunst, von etwas Ununterdrückbarem, einer Notwendigkeit oder einem plötzlichen Juckreiz, kickte er sich auf den Rollen seines Bürostuhls nach hinten, griff nach seinem Rucksack und holte seinen mit verschiedenen Aufklebern vollgeklebten Laptop heraus, den er auf seinen Knien öffnete. Er verband sich mit dem

Internet und gab mit auf der Tastatur ungestüm tanzenden Fingern sein Codewort und die Identifikation ein. Auf dem Bildschirm startete ein Programm, diverse Komponenten wurden getestet und initialisiert, bis sich ein Fenster öffnete. Zu keinem Zeitpunkt erwähnte Jimmy den Namen einer Maschine, nannte nie den Typ Alpha-Miner 88 oder die Firma Kaliakras Ltd., Namen, auf die ich lauerte und die mir meinen Verdacht bestätigen sollten. Nein, das was er mir hier vorführte, war reine Theorie, eine Art Stilübung. Wegen der Langsamkeit der Rechenoperationen stampfte er manchmal ärgerlich auf den Boden oder wippte voller Ungeduld mit dem Knie, fiel auf seinem Bürostuhl in sich zusammen. Endlich konnte er neue Codes eingeben, tippte wild Adressen in seine Tastatur. Dabei stieß er bestätigende und triumphierende »Yes!«-Rufe aus oder ein siegreiches »Yeeeh!«, jedes Mal, wenn ihm wieder ein Schritt gelungen war, ein Widerstand besiegt, ein Hindernis überwunden oder eine Firewall umgangen war. Vor mir war er gerade dabei, in einen Tausende Kilometer entfernten fremden Rechner einzudringen, um ihn mit seinem System zu besetzen. Ich bin drin, sagte er nach einer Weile. Seine Demonstration war erfolgreich verlaufen, er hatte mir bewiesen, dass er aus großer Entfernung durch eine Backdoor in einen fremden Rechner eindringen konnte. Was ich allerdings damals noch nicht verstanden und erst später in seiner ganzen Tragweite begriffen habe, war der Vorteil, den er daraus ziehen konnte, weil es offensichtlich nicht darum ging, die heimlich besuchten digitalen Speicher auszurauben. Nein, es handelte sich nicht um Diebstahl, jedenfalls um keinen normalen. Die Technik, die hier zur Anwendung kam, war viel subtiler, viel unsichtbarer, aber eben auch viel hinterhältiger, letztlich ging es nur darum, den Rechner, den man gekapert hatte, für sich arbeiten zu lassen, um Bitcoins zu schürfen. In dem Moment, in dem es dem gekaperten Rechner gelungen war, als Erster den komplexen Algorithmus zu lösen, der zu einem neuen Bitcoin berechtigte, wurden virtuell die Weichen für diese Belohnung verstellt und damit die neu hergestellten Bitcoins in einen parallelen Kanal umgeleitet, somit der neu gewonnene Bitcoin vom besuchten Rechner abgezogen und dem eigenen Konto gutgeschrieben. Plötzlich waren vom Flur Schritte zu hören, und ein Mann vom Wartungsdienst steckte seinen Kopf durch die Tür. Er schaute uns an und sagte zu Jimmy etwas auf Chinesisch. Zwischen den beiden folgte ein recht lebhafter Wortwechsel, von dem ich nichts verstand, ich hatte aber das ungute Gefühl, dass es dabei um mich ging. Der Typ in der halbgeöffneten Tür, der eine graue Trainingshose und abgelaufene Sandalen trug, legte eine bedrohliche Art an den Tag. Er verschwand wieder, und ich fragte Jimmy, was er gewollt habe. Wie um mich zu beruhigen, machte Jimmy eine lässige Handbewegung, die bedeuten konnte: »Das ist nicht wichtig« oder: »Vergiss es«, und erklärte mir, der Typ habe gesagt, ich hätte keine Berechtigung, mich hier aufzuhalten. Für einen Moment blieben wir schweigend sitzen, das Klima im Raum hatte sich durch den Vorfall merklich abgekühlt. Jimmy tippte wieder, jetzt bedächtiger, Befehle in seine Tastatur, ich begnügte mich damit, die Zahlenkolonnen auf seinem Bildschirm zu verfolgen. Ich dachte, dass die Technik des Betrugs, die er mir gerade vorgeführt hatte, nichts anderes war als die Unterschlagung von Geldern, die den Vorteil hatte, sich in totaler Diskretion abzuspielen. Bei der Produktion eines neuen Bitcoins erhält nur der eine Belohnung, dessen Rechner als Erstem die Lösung der Gleichung gelingt. Der Schluss lag nahe, dass die geschädigte Partei – in dem Fall wäre es die Kaliakras Ltd, hier ergänze ich, was Jimmy mir nie bestätigt, nicht einmal zu verstehen gegeben hat – davon ausgeht, nicht die erste gewesen zu sein, der die Lösung der Gleichung gelungen war, sondern jemand anderer in der Welt schneller gewesen war als sie. Das Problem bestand darin, dass irgendwann einmal diese Unregelmäßigkeit an den Tag kommen musste, wenn die angegriffenen Rechner niemals Gewinne machten. Man musste daher sehr vorsichtig vorgehen und solche Unterschlagungen nur in winzigen Dosierungen und über einen längeren Zeitraum hinweg durchführen, damit der Betrug nicht aufgedeckt wurde. Ich war an diesem Punkt meiner Überlegungen, als erneut Schritte vom Flur her zu hören waren, aber diesmal stammten sie nicht von einem Mann, vielmehr handelte es sich um mehrere Männer, zweifellos alle, die sich um diese Uhrzeit noch in dem Gebäude befanden und die jetzt, mit Gu an ihrer Spitze, in den Raum platzten. Man musste ihn telefonisch von meiner Anwesenheit in Kenntnis gesetzt haben und er unverzüglich hierhergeeilt sein. Sein Blick war düster. Er richtete ein paar scharfe Worte auf Chinesisch an Jimmy, der verlegen seinen Laptop einpackte und sich wortlos vor seine Monitore verzog. Gu schaute mich einen Moment durchdringend an, als wartete er auf eine Erklärung. Ich sagte nichts, hielt seinem Blick stand. Ich bringe Sie jetzt zum Hotel zurück, sagte er mir in einem Ton, der keine Widerrede erlaubte. Ich sagte ihm, draußen warte bereits ein Taxi auf mich. Er antwortete mir, dass es nicht mehr da sei, er hätte es fortgeschickt.

Am nächsten Morgen wachte ich kurz nach sieben auf, meine Lippen waren trocken und meine Augenlider geschwollen, eines konnte ich kaum öffnen, so verklebt war es. Ich hatte schlecht geschlafen, war mehrfach in der Nacht aufgewacht. Mit einem noch halb tauben Körper und barfuß setzte ich mich im Pyjama an den Schreibtisch meines Hotelzimmers und versuchte, ins Internet zu kommen, aber die Verbindung war von einer nervtötenden Langsamkeit, und ich gab auf. Ich zog mich an und ging in die erste Etage, um zu frühstücken. Bevor ich wieder in mein Zimmer zurückging, erkundigte ich mich an der Rezeption über die Internetverbindung des Hotels, und die Dame an der Rezeption bestätigte mir, die Verbindung auf den Etagen sei sehr schlecht, aber das WLAN in der Hotelhalle würde gut funktionieren. Ich holte also mein MacBook Air aus dem Zimmer und suchte mir einen Platz in der Halle, wo ich mich hinsetzen und meine Mails lesen konnte. Vor zwei Tagen war ich von Brüssel aufgebrochen und hatte seither noch keine Gelegenheit gehabt, meine Mails abzurufen. Das Hotel war an diesem Morgen sehr belebt. Es war eines dieser chinesischen Hotels, die nicht in die obere Luxuskategorie fielen, aber funktional waren, mit protzigen Kronleuchtern an der Decke und einem riesigen Foyer aus falschem Marmor, das Besucher in alle Richtungen durchquerten, manche kamen aus den Aufzügen und gingen zur Rezeption, andere traten durch die Drehtür, in der Mitte der Hotelhalle wartete eine Gruppe chinesischer Touristen, gerade angekommen oder kurz vor der Abreise, neben einem kleinen Berg aus Gepäckstücken, der durch auf Pflöcken gespannte Absperrbänder gesichert war. Alle Sitzgelegenheiten in der Halle waren vergeben, die wenigen Sofas im Sturm genommen, andere Leute warteten untätig vor ihren Taschen und Koffern, gewiegt von dem schmalzigen Singsang eines *Jingle Bells*, der in Endlosschleife aus Lautsprechern kam. Ich hatte mich, soweit das möglich war, etwas entfernt von dem Trubel in der Halle mit dem Rücken an einen Pfeiler gelehnt, balancierte meinen Computer in der einen Hand. Schließlich war es mit gelungen, mich mit dem Internet zu verbinden. Aber weil mir kein privates Netzwerk zur Verfügung stand, mit dem ich die Zensur hätte umgehen können, war es mir nicht möglich, in mein Konto zu kommen. An den Pfeiler gelehnt, mein MacBook Air in der Hand, versuchte ich es mit der chinesischen Suchmaschine Baidu, gereizt durch die *Jingle Bells*-Melodie, die sich unaufhörlich aus einem Lautsprecher über meinen Kopf ausschüttete. Irgendwann musste ich zu den Toiletten und glaubte schon, der klebrigen Munterkeit des *Jingle Bells* entflohen zu sein, aber die Musik verfolgte mich bis in die Toiletten hinein. So gut wie alle Pissoirs des riesigen Sanitärraums waren belegt. Einem großen Wandspiegel gegenüber befand sich eine Reihe von etwa einem Dutzend Kabinen. Ein Typ ließ seine Hände über dem Waschbecken abtropfen, ein anderer hielt sie unter einen elektrischen Trockner. Ich hielt meinen Computer in der Hand und entschied mich gegen ein Urinal, was mir unnötige Verrenkungen beim Aufknöpfen meiner Hose ersparte. Ich fand Unterschlupf in einer der Kabinen und legte den Riegel herunter. Ich stellte meinen Computer auf den Boden, zog meine Hose herunter und setzte mich auf die Kloschüssel. Sogleich empfand ich ein Gefühl des Friedens und der Ruhe, wie ich es seit längerem nicht mehr erlebt hatte. Im Schutz dieses abgeschlossenen Orts blieb ich still sitzen. Ich tat absolut nichts, ich genoss den Moment im Jetzt. Aus der Ferne, von der anderen Seite der Trennwand, hörte ich weiter den Lärm der Welt, Wasserspülungen, einige gedämpfte Takte von *Jingle Bells*. Ich hatte mich noch keine zwei Minuten in diese Kabine zurückgezogen, als mein Herzschlag sich schlagartig beschleunigte. Ich geriet in Panik. Vor mir unter der Tür tauchte eine Hand auf, eine völlig unwirkliche, aus jedem Zusammenhang gerissene Hand, die in Höhe meiner Füße in mein Gesichtsfeld geriet, eine selbstständig agierende, abgetrennte Hand, die sich einen Augenblick im Leeren hin und her bewegte, das Terrain sondierte, schnell, präzise, millimetergenau, dann meine Schuhe berührte, flüchtig über das Oberleder strich, bevor sie ihren Weg fortsetzte und auf meinen Computer stieß, den sie abzutasten begann. Ich blieb wie erstarrt sitzen, festgenagelt auf meinem Platz, völlig unfähig zu einer Bewegung und sah zu, wie die Hand den

Deckel meines MacBook Air zuklappte und das Gerät rasch unter die Trennwand zog und an sich brachte. Das hatte keine zehn Sekunden gedauert. Und ich war wie versteinert, blieb einen Augenblick wie paralysiert und sprachlos auf meiner Kloschüssel sitzen, unfähig zu reagieren, aber dann riss ich mich zusammen, sprang auf und zog meine Hose hoch und, ohne sie auch nur zuzuknöpfen oder den Gürtel zu schließen, entriegelte ich die Kabinentür und warf mich nach draußen. Das Erste, was ich flüchtig in dem großen Wandspiegel mir gegenüber wahrnahm, war meine eigene konfuse und verwirrte Gestalt, die Hände oben an der Hose noch damit beschäftigt, den Reißverschluss hochzuziehen. Ich rannte los, stieß vor der Tür mit zwei Personen zusammen, die in die Toilette wollten, hoffte, den Flüchtigen noch zu erwischen. Ich war ihm auf den Fersen, dicht hinter ihm, er konnte keinen großen Vorsprung vor mir haben. Aber auch wenn ich ihn aus einiger Entfernung erblicken würde, ich würde ihn noch an meinem Computer in seinen Händen erkennen und mich auf ihn stürzen, um ihn mir zurückzuholen. Mit großen Schritten erreichte ich die Hotelhalle, in heller Aufregung, erschüttert, ließ ich den Blick planlos von der Rezeption zu der offenen Aufzugskabine schweifen, inspizierte rasch die Gesichter. Ich wandte den Kopf in Richtung des Eingangs, sah dort von hinten einen Mann, eine Gestalt, die mir verdächtig vorkam und die gerade durch die Drehtür ging. Ich sah den Schatten des

Rückens sich auf der Straße entfernen und stürzte auf den Ausgang zu, ging durch die Drehtür und presste fest mit der Hand gegen das Glas der Tür, damit ich schneller vorankam, aber in meiner Ungeduld blockierte ich den Mechanismus, der für einen Moment aussetzte, bevor er sich wieder in Gang setzte, was mich aufhielt, und als ich endlich in der klirrenden Morgenkälte auf der Straße stand, konnte ich nur noch zusehen, wie der Mann in ein Taxi stieg und mit ihm verschwand. Da war nichts mehr zu machen, ich konnte schlecht hinter einem Taxi herrennen, ohne den geringsten Beweis in der Hand zu haben, dass der Mann darin meinen Computer gestohlen hatte. Mit gesenktem Kopf machte ich kehrt und ging wieder durch die Drehtür zurück in die Hotelhalle, wo ich von einem Schwall *Jingle Bells* empfangen wurde, dessen munterer Refrain mich zu verhöhnen schien, *Jingle bells, jingle bells, Jingle all the way!* Ich machte ohne große Hoffnung noch eine Runde durch die Hotelhalle, ging nochmals in die Toiletten, um an Ort und Stelle zu verstehen zu versuchen, was gerade passiert war. Kam dann wieder zurück in die Hotelhalle, lief unentschlossen hin und her, fühlte mich leer, ohnmächtig und gedemütigt. Ich stand noch unter Aufwallung aller meiner Gefühle, als mein Blick erneut auf den Hoteleingang fiel und ich Gu in Begleitung eines Mannes mit Brille und tailliertem Mantel durch die Drehtür ins Hotel treten sah, der sich als der Generalkonsul von Frankreich herausstellte. Gu machte uns miteinander bekannt, aber ich war im ersten Moment abwesend und hörte kaum zu, was der Konsul zu mir sagte. Was ich mich fragte, das war, was Gu hier machte. Wie konnte es sein, dass er genau in dem Moment, wo man mir meinen Computer gestohlen hatte, wo es gerade erst passiert war, hier im Hotel auftauchte. Natürlich bezichtigte ich ihn nicht persönlich, den Computer gestohlen zu haben, aber er würde den Dieb mit Sicherheit kennen, ohne Zweifel hatte er ihm die Weisung erteilt und ihm meine Beschreibung gegeben, diskret mit dem Arm durch die Glasfront des Hotels auf mich gezeigt, damit der andere mich einen Augenblick lang beobachten und mir dann auf die Toiletten folgen konnte, während Gu draußen vor dem Hotel als versteckter Auftraggeber auf seine Rückkehr wartete, um den Erfolg der Operation zu kontrollieren, das Auftauchen des Konsuls im Hotel war nichts als ein Ablenkungsmanöver, die Gelegenheit für Gu, mit einem lebenden Alibi zum Treffen zu kommen. So viele Dinge überstürzten sich in diesen ereignisreichen Minuten, ich dachte daran, dass ich letzte Nacht, als ich ins Hotel zurückgekommen war und sehr spät noch ein Gedächtnisprotokoll verfasst hatte, in dem ich ausführlich meine Entdeckungen in der Mine Nr. 1 aufgeschrieben und meine Verdachtsmomente in einem Memo zusammengefasst hatte, das auf meinem Computer gespeichert war und das immer noch auf meinem Computer gespeichert war, auch wenn ich ihn jetzt nicht mehr hatte. Ich stand noch immer in der Halle diesen beiden Männern gegenüber. Gu fragte mich mit demselben düsteren Blick, den er schon am Vorabend hatte, ob wir aufbrechen könnten, und ich bat ihn nur um einen Moment Geduld, ich musste erst noch meinen Mantel aus meinem Zimmer holen.

Ich öffnete die Tür zu meinem Zimmer. Ich fühlte mich wie ausgebrannt. Ich holte meinen Mantel aus dem Schrank, zog den Kleiderbügel heraus, über den ich ihn gehängt hatte, und wollte den Bügel wieder an die Kleiderstange zurückhängen, aber es gelang mir nicht, es handelte sich um einen dieser diebstahlsicheren Kleiderbügel, die keinen Haken haben, und ich bekam es nicht auf die Reihe, ihn wieder an der Kleiderstange zu befestigen, und nachdem ich einige ungeschickte Versuche unternommen und mich vergeblich abgequält hatte, verlor ich schließlich die Geduld. Wenn ich mich bis zu diesem Moment noch hatte beherrschen können, packte mich jetzt die schiere Wut gegen die Dummheit dieser diebstahlsicheren Kleiderbügel, deren obere Partie, also der eigentliche Haken, an der Kleiderstange befestigt bleibt, während der untere Teil aus einem einfachen stumpfen Nagel besteht, der wie ein Stummel emporragt, sich also nirgends aufhängen lässt. Wenn man ein Kleidungsstück auf einem solchen amputierten Kleiderbügel in den Schrank hängen will, muss man entweder Kontorsionist sein und seinen Mantel aufhängen, ohne den Bügel von der Kleiderstange zu nehmen, oder man nimmt den Kleiderbügel vom Haken an der Stange, hängt seinen Mantel daran und plagt sich danach damit herum, den männlichen Hakenteil am Bügel in den weiblichen Hakenteil an der Kleiderstange zu bugsieren. Ich hielt immer noch den hakenlosen Kleiderbügel in der Hand, und immer wütender, nach einem letzten Versuch, ihn an der Stange festzubekommen, knallte ich ihn voller Ärger auf den Boden. Um meine Wut an etwas auszulassen, riss ich alle Kleiderbügel von der Stange und schmiss eine Handvoll davon in den Abfalleimer des Bades, ich schmiss sie in der Vertikale in den Eimer, wo sie ausgestellt steckenblieben wie ein Strauß Tulpen. Dann öffnete ich meinen Koffer, warf mit Schwung die anderen Kleiderbügel auf meine Kleidung und schloss den Deckel wieder, in der Absicht, sie mitzunehmen, wenn ich das Hotel verließ. Ja, ich würde sie stehlen, ich würde die diebstahlsicheren Kleiderbügel stehlen, und niemand sollte sich unterstehen, in diesem Hotel etwas dagegen zu haben, dem Hotel, in dem man mir meinen Computer gestohlen hatte. Ich würde ihnen die Niedertracht vor Augen führen, Kleiderbügel derart unbrauchbar zu machen, nur um sie vor Diebstahl zu bewahren, was jedoch überhaupt nichts hilft, denn ich würde die diebstahlsicheren Kleiderbügel stehlen, und jedes Mal wenn ich wieder eine ähnliche Dummheit vor die Augen bekommen würde, würde ich sie ge-

nauso stehlen, und ich würde auch alle Welt bitten, es genauso zu tun, ich würde einen Kreuzzug beginnen, über die sozialen Netzwerke einen Aufruf lancieren, ich würde eine europäische Richtlinie in die Wege leiten, mit meinen Kindern darüber sprechen, mit Alessandro und sogar mit den Zwillingen, im Alter von neun Jahren hört man auf seinen Vater, ich würde ihnen genau erklären, um welchen Kleiderbügeltyp es sich handelt, und ihnen sagen, dass sie jedes Mal, wenn sie einen von ihnen sehen, sie systematisch zerstören oder eben stehlen müssen. Wer nur konnte auf eine solche teuflische und schäbige Idee kommen, die Bügel von ihrem Haken zu amputieren, nur damit man sie nicht mehr stehlen kann, war das nicht darüber hinaus geradezu die Negation des Prinzips des Kleiderbügels?
Ich zog meinen Mantel über und kickte dabei mit dem Fuß voller Wut den Bügel weg, den ich auf den Boden geworfen hatte und der mir im Weg lag. Ich rannte aus dem Zimmer und ließ die Tür heftig hinter mir zuschlagen. Ich war wütend. Und dann fiel mir ein, verdammte Scheiße, auch der Vortrag, den ich in Tokio halten wollte, war auf meinem Computer gespeichert.

Die Fahrt über schwieg ich, saß mit zusammengebissenen Kiefern im Wagen. Ich verstand nicht den Sinn der Veranstaltung, die Gu mir da eingebrockt hatte, wollte auch nichts Näheres darüber erfahren. In einem unpersönlichen

Saal eines städtischen Gebäudes hatten sich etwa ein Dutzend Personen um einen lackglänzenden, dunklen Holztisch versammelt. Ich war niedergeschlagen und machte keinerlei Anstrengungen, an den Gesprächen teilzunehmen. Meine Gesten und meine Blicke waren verlangsamt und hatten etwas Schlafwandlerisches. Mein apathisches Verhalten wurde von den Anwesenden wahrgenommen, das spürte ich durchaus, denn peinliches Schweigen machte sich irgendwann am Tisch breit. Ich war der Ehrengast und hätte den Vorsitz dieser Tafelrunde führen sollen, aber ich sagte nichts, hielt meist meinen Kopf gesenkt. Ich dachte an die Hand, wie sie vor mir unter der Trennwand der Toilettenkabine aufgetaucht war, und versuchte, mir ihre Form und besonderen Eigenschaften in Erinnerung zu rufen, um eine möglichst präzise Beschreibung zu bekommen. Die unbehaarte Hand eines Mannes, wahrscheinlich asiatisch, schwierig zu bestimmen, die einen Siegelring trug, das war das einzig greifbare Detail, an einem Finger der Hand steckte ein Siegelring, und ich fragte mich, ob ich diesen Siegelring wiedererkennen würde. Teilnahmslos, ohne mich um etwas zu kümmern, begann ich, die Hände der hier im Raum Anwesenden zu mustern. Die meisten waren gepflegt, mit kurzgeschnittenen, ebenso gepflegten Fingernägeln, meist unter dem Kinn gekreuzt oder auf dem Tisch liegend, eine Hand hielt einen Kugelschreiber und schrieb Notizen in ein kleines Buch, Hände, so anonym wie die des Unbekannten, der meinen Computer gestohlen hatte, reglose Hände, die aus Anzugärmeln ragten, Hände mit Armbanduhren am Handgelenk, Hände mit einem Telefon zwischen den Fingern, Hände mit Eheringen, manchmal einem Ring – aber keinem Siegelring.

Nach dem Treffen fand in einem leeren, düsteren Nebenraum mit fadenscheinigem Teppichboden noch ein kurzer Empfang für mich statt, ein paar Getränke standen auf einem mickrigen Holztisch, auf einem Podium hatte man ein Mikrophon vorbereitet. Ein Amtsträger ergriff das Wort, sagte einige Worte auf Chinesisch, und ich begriff, dass von mir die Rede war, bekam auch gleich die Bestätigung, denn ein Mann kam durch die Umstehenden auf mich zu, stellte sich hinter mich und flüsterte mir die Übersetzung der Rede ins Ohr. Es ging um internationalen Austausch, Fähigkeiten und Kompetenzen sowie um langfristige Perspektiven. Dann bat man mich auf das Podium, und ich begriff, dass die Stadt mir eine Auszeichnung verleihen wollte. Es stand außer Frage, diese Ehrung abzulehnen oder auch nur Vorbehalte zu äußern, denn schon trat eine junge Frau auf mich zu und überreichte mir ein kleines Kästchen, sie öffnete es, und ich sah auf ein Seidenkissen gebettet eine vergoldete Medaille liegen mit einer mit Ideogrammen verzierten, stilisierten Hochhauskulisse. Die Verleihung dieser Ehrenbezeugung war für mich eine zusätzliche Erniedrigung. Aber ich versuchte, Haltung zu bewahren, und zwang mich zu einigen Worten des Dankes. Ich näherte mich dem Mikrophon und sagte, dass ich sehr gerührt sei, und fügte hinzu, dass – und wusste plötzlich nicht mehr weiter, wusste nicht mehr, was ich sagen sollte. Erst war ich einen Moment nur unschlüssig, dann war da eine Leerstelle, es gelang mir nicht, mit meiner Rede fortzufahren. Ich ging unter, ich ertrank. Ich stand vor dem Mikrophon, blickte verwirrt umher und konnte an nichts anderes mehr denken als an den Computer, den man mir gestohlen hatte. Nicht einmal eine Stunde war seit dem Diebstahl vergangen, und wenn ich in der ersten Aufregung Gu für den Diebstahl verantwortlich gemacht hatte, wurde mir jetzt klar, dass eine solche Anschuldigung überhaupt keinen Sinn ergab. Welches Interesse hätte Gu haben können, meinen Computer zu stehlen? Wie hätte Gu wissen können, dass ich noch in der vergangenen Nacht auf meinem Computer eine Notiz verfasst habe über das, was ich in der Mine entdeckt hatte? Und schließlich, was eigentlich hatte ich entdeckt? Ich hielt nicht den geringsten Beweis in Händen, um einen wie auch immer vermuteten Betrug zu belegen. Und selbst wenn Gu davon gewusst hätte, was würde es ändern, es reicht nicht aus, einen Computer mit einem aus dem Gedächtnis erstellten Protokoll verschwinden zu lassen, um einen Verdacht mit ihm verschwinden zu lassen. Nichts von dem, was ich am Vorabend erfahren hatte und was die BTPool Corporation möglicherweise schädigen könnte, würde aus meinem Gedächtnis gelöscht werden können, niemand konnte mich daran hindern, eine neue Version dieser Notizen zu verfassen und öffentlich zu machen. Ich stand immer noch vor dem Mikrophon und spürte die Welle des Unbehagens ansteigen, die die Zuhörer seit meiner Unterbrechung erfasst hatte. Aber ich war nicht in der Lage, auch nur ein weiteres Wort von mir zu geben. Gu, der direkt vor mir stand, musterte mich mit immer noch düsterem Blick, es war ein mitleidloser Blick, ohne jedes Wohlwollen, als ob er einem Mann in misslicher Lage dabei zusehen würde, wie er sich im nächsten Moment vom Dach stürzt, ohne jede Absicht, ihm zu Hilfe zu kommen. Ich hätte niemals diese Reise nach China antreten dürfen, ich wusste, mit der Reise nach Dalian hatte ich mich in größte Schwierigkeiten gebracht. Schon seit Antritt meiner Reise hatte ich ein schlechtes Gewissen, niemand eingeweiht zu haben. Und hatte auch schnell die Befürchtung, dass die Geschichte schlecht ausgehen könnte, und jetzt bekam ich die schmerzhafte Bestätigung, der Diebstahl meines Computers war nur eine grausame Illustration davon. Aber so peinlich und erniedrigend der Umstand auch war, dass mir mein Computer ausgerechnet in einer Toilette gestohlen wurde, aber das Schmerzhafteste und was mich im Moment am meisten erschütterte, war meine Überzeugung, dass die Geschichte damit noch nicht ausgestanden war und das Schlimmste mir noch bevorstand.

Ich hatte die Ahnung, dass die Katastrophe unmittelbar bevorstand. Es tut mir leid, sagte ich und brach ab. Ich ließ das Mikro stehen und stieg vom Podium herab. Jemand kam auf mich zu und fragte, ob es mir gut ginge, ob ich ein Glas Wasser wolle. Ich ließ mich auf den Stuhl fallen, der mir gebracht wurde. Ich schwitzte, öffnete meinen Hemdkragen, der schweißnass war. Ich antwortete auf keine der Fragen, blickte verstört vor mich hin, und dann, plötzlich, beendete ich das Treffen, indem ich schnurgerade auf Gu zuging und ihm sagte, ich wolle zurück ins Hotel. Ich zog meinen Mantel wieder an und schwankte in Richtung Ausgang. Nach einem Umweg über das Hotel, wo ich meinen Koffer abholte, fuhr mich Gu zum Flughafen zurück. Im Wagen schwiegen wir, es herrschte eine Atmosphäre wie bei einer Beerdigung. Vor dem internationalen Flughafen von Dalian stieg er aus und holte meinen Koffer aus dem Kofferraum, er begleitete mich nicht in die Abflughalle. Auch er wollte nichts mehr mit mir zu tun haben, auch er hatte mich zur Genüge gesehen.

III

Am späten Nachmittag landete ich in Tokio. Es war bereits dunkel, als ich am Campus der Universität Todai in Hongo ankam. Professor Nakajiama erwartete mich am Eingang der Sanjo Conference Hall. Er begrüßte mich herzlich und wies mir den Weg zu meinem Zimmer, das er in der Residenz der Universität für mich reserviert hatte. Ich hielt mich nicht lange dort auf, stellte nur meinen Koffer ab und stieß wieder zu ihm im Restaurant der Residenz, wo etwa ein Dutzend Professoren ihr Abendessen in gedämpfter Atmosphäre einnahmen. Ich war froh, Professor Nakajiama wiederzusehen, dank seiner freundschaftlichen und unaufdringlichen Art kam ich wieder etwas zu Kräften nach den schwer zu ertragenden Stunden, die hinter mir lagen. Der sehr junge Oberkellner (eigentlich war es ein Student der Universität, der hier ein Praktikum absolvierte, wie mir der Professor erklärte) nahm die Bestellungen auf. Er nahm seine Rolle sehr ernst und gab uns ausführliche und peinlich genaue Erklärungen, wobei er ehrerbietig mit seinem Kugelschreiber auf die in Plastik eingeschweißte Speisekarte tippte. Man hatte die Wahl zwischen einem Menu A mit Fleisch oder einem Menu B mit Fisch, und wir nahmen beide den Fisch. Ich war müde und angespannt, aber durch den ausgesucht höflichen Empfang, den Professor Nakajiama mir bereitete, gelang es ihm, die Stimmung zu entspannen. Nur einmal brachte er mich unbeabsichtigt in eine schwierige Lage, als er mich auf harmlose Weise fragte, ob ich eine gute Reise gehabt hätte. Natürlich wusste er nicht, dass ich gerade aus China kam, wie sollte er das auch wissen, nie würde er auf die Idee kommen, ich hätte mir auf meiner Reise nach Tokio einen heimlichen Abstecher nach China erlaubt und wäre an diesem Tag aus Dalian und nicht aus Paris gekommen, wie er glauben musste. Aber ohne ausdrücklich zu einer Lüge zu greifen, denn immerhin hatte ich ja eine Flugreise hinter mir, bezog ich mich bei der Beantwortung seiner Frage auf diesen letzten Flug von Dalian und antwortete ihm, der Flug sei mir sogar kürzer vorgekommen als erwartet. Er drang mit seinen Erkundungen nicht weiter auf mich ein, es war nicht seine Art, seine Gesprächspartner in Verlegenheit zu bringen. Professor Nakajiama war ein sehr diskreter Mann mit perfektem Anstand, und falls es einmal Fragen gab, die das Private berührten, dann fragte er ausgesprochen rücksichtsvoll. So würde er mich zum Beispiel nie direkt nach Diane fragen (es könnte ja sein, selbst wenn er es nicht wusste, dass Diane und ich nicht mehr zusammen waren), er würde sich darauf beschränken, ihren Namen höflich in die Unterhaltung einfließen zu lassen und danach eine kleine Pause einzulegen, im Sinne von Auslassungspunkten, was mir erlaubt hätte, mehr darüber preiszugeben, wenn ich es gewollt hätte, oder eben nichts darüber zu sagen, falls ich dieses Thema vermeiden wollte, was ich auch tat.

Ich hatte Kosaku Nakajiama vor über zwanzig Jahren in Paris kennengelernt. Damals galt er als ein vielversprechender junger Professor (während er heute einer der am meisten respektierten Professoren Todais ist), ich arbeitete damals für das gemeinnützige Netzwerk Futuribles. Ich erinnere mich, wie eines Tages, es war 1996 oder 1997, der noch junge Professor Nakajiama auf der Durchreise mich in meinem Büro in Paris aufsuchte und außerordentlich beeindruckt war, als er vor der Nummer 55 der Rue de Varenne stand und dachte, vor dem Hôtel Matignon zu stehen. In Wirklichkeit waren unsere Büros im Nachbargebäude untergebracht, in einem Stadtpalais aus dem achtzehnten Jahrhundert, aber da unser Gebäude Mauer an Mauer mit der Residenz des Premierministers lag und unser Hof an den Park des Matignon angrenzte, auf den wir aus unseren Fenstern hinunterschauen konnten, behandelte er mich seitdem mit einem unverdienten Respekt, den ich nicht mehr richtigstellen konnte. In diesem Stadtpalais, in dem sich Futuribles niedergelassen hatte und zu dem ein großer Sitzungssaal mit Stuck an den Decken und ein riesiges Kellergewölbe gehörte, in dem der Nachlass von Gaston Berger archiviert wurde, um den wir uns kümmerten, war mir ein ehemaliges Badezimmer zugeteilt worden. Es gab noch die flüchtige Spur einer Badewanne, die früher einmal hier gestanden haben musste, auf der gräulichen Betonschicht auf dem Fußboden, blaue Mosaikfriese schmückten die Wände und vervollkommneten die Illusion, und ein Besucher, der hier zufällig vorbeikam, konnte wirklich den Eindruck haben, ich arbeitete in einem Badezimmer. Ansonsten lagen haufenweise Zeitungen, Bücher und Zeitschriften auf meinem Schreibtisch herum, Notizen und ausgeschnittene Artikel, eine Schere und Tipp-Ex-Fläschchen. Mir war die Verantwortung für die Zeitschrift übertragen worden, die das Netzwerk herausgab, und ich pflegte den Kontakt mit den Autoren und hatte auch mit der Herstellung, der Korrektur der Texte und dem Satz zu tun. Später, als ich dann zur Europäischen Kommission gewechselt war, hatten Professor Nakajiama und ich uns aus den Augen verloren. Ich kam zur Abteilung Generaldirektion Mobilität und Verkehr, und alles, was mit *foresight* zu tun hatte, gehörte von nun an nicht mehr zu meinem engeren Aufgabenfeld. Nur noch von Ferne konnte ich das Aufwallen, das Gluckern und die Gärprozesse der kleinen Welt der

Zukunftsforschung verfolgen. Unseren Kontakt hatten wir erst im Jahr 2014 wieder aufgenommen, als man mir die Leitung einer Forschungsabteilung in der Gemeinsamen Forschungsstelle anvertraut hatte. Von da an sahen wir uns regelmäßig, ich hatte Professor Nakajiama anlässlich eines Studientags im europäischen Parlament sogar einmal in Brüssel empfangen.

Ich verbrachte eine schlimme Nacht in Tokio, ich wachte dauernd auf und hatte Alpträume. Als der Morgen schon graute und es mir endlich gelungen war, in eine tiefere Schlafphase zu fallen, wurde ich gegen sieben Uhr morgens durch Trillerpfeifen und Schreie von draußen aus dem Schlaf gerissen. Barfuß schleppte ich mich zum Fenster und hob den Vorhang hoch. Mit noch verschlafenem Blick sah ich durch die Scheibe auf ein mit Drahtgitter eingezäuntes Baseballstadion, in dem etwa hundert in Kohorten eingeteilte Studenten mit verschiedenfarbigen Mützen ihre Aufwärmübungen unter der Anleitung mit Trillerpfeifen ausgestatteter Ausbilder machten. Ich ließ den Vorhang wieder fallen und legte mich zurück ins Bett, konnte aber nicht mehr einschlafen. Ich blieb im Bett liegen und musste wieder an den Diebstahl meines Computers denken. Ich war so weit, den Vorfall als ein schlechtes Omen zu werten, als ersten Einschlag einer Serie von unmittelbar mir bevorstehenden Katastrophen. Bevor ich endgültig aufstand, verließ ich nochmals das

Bett, holte im Pyjama mein Telefon aus der Hosentasche, legte mich wieder hin und schaltete im Dunkeln das Gerät ein und hielt es über mein Gesicht, las oben links auf dem Display »Kein Empfang«. Seit dem Vorabend zeigte es ungerührt immer dasselbe: »Kein Empfang«. Und das, obwohl ich bei meiner Ankunft in Tokio, weil ich in Japan wieder erreichbar sein und der Leerstelle in meinem Zeitablauf ein Ende setzen wollte, den Flugmodus deaktiviert hatte. Es gab jetzt keinen Grund mehr, meinen Aufenthaltsort zu verheimlichen, das Gegenteil war der Fall. Aber entweder hatte ich eine Pechsträhne oder es gab ein technisches Problem, jedenfalls bekam ich kein Netz. Ich verstand nicht warum, vielleicht ein Update, das ich verpasst hatte, oder mein Telefon war nicht mit dem japanischen Netzbetreiber kompatibel. Nichts ging mehr seit gestern Abend, zwei-, dreimal hatte ich das Gerät völlig ausgeschaltet und es danach gleich wieder in Gang gesetzt, um mich mit dem nächstliegenden Sendemast zu verbinden. Jedes Mal erschien zunächst auf dem Display die Mitteilung »Suche«, dann schließlich dieselbe, unverändert bockige Nachricht »Kein Empfang«.

Ich war besorgt, vor vier Tagen hatte ich Brüssel verlassen und seitdem keine Nachrichten erhalten, und meine neue, noch diffuse Unruhe verstärkte die bereits bestehende Vorahnung einer unmittelbar bevorstehenden Katastrophe, die mich seit dem Diebstahl meines Computers quälte. An diesem ersten Vormittag in Tokio beschäftigte ich mich vorwiegend damit, meinen Vortrag neu zu schreiben. Mein ursprünglicher Entwurf, dazu alle Tabellen und Illustrationen, die ich dafür benötigte, auch die gesamte Materialsammlung, die ich zur Vorbereitung zusammengetragen hatte, waren auf meinem Computer gespeichert, und den hatte man mir in Dalian gestohlen. Ich hatte rein gar nichts mehr. Da mein Vortrag für denselben Tag vorgesehen war, blieb mir nichts anderes übrig, als alles wieder von null zu beginnen und nur aus dem Gedächtnis zu rekonstruieren. Ich hatte mein Frühstück alleine im Speisesaal der Residenz eingenommen und dem Oberkellner (derselbe, der Professor Nakajiama und mich am Vorabend bedient hatte) erklärt, dass ich Schreibpapier bräuchte, und er kam nur wenige Augenblicke später zurück und überreichte mir zeremoniell ein einzelnes Blatt Briefpapier mit dem Briefkopf der Sanjo Conference Hall, geschmückt mit einem Ginkgo-Blatt, dem Emblem der Universität von Tokio. Ich sagte ihm, das sei wunderbar, aber ich bräuchte doch ein paar Blätter mehr, und so gelang es mir schließlich, in Etappen etwa zwanzig Blatt zu bekommen. Ich blieb an meinem Tisch sitzen und überlegte lange mit meinem Kugelschreiber in der Hand. Ich war mit dem falschen Fuß aufgestanden und konnte mich nicht mit meinem Zustand abfinden. In Europa müsste es jetzt drei Uhr morgens sein, und ich hatte das Gefühl, meinen Vortrag mitten in der Nacht neu schreiben zu müssen.

Ich überlegte mir, in der Einführung meines Vortrags daran zu erinnern, dass Kryptowährungen zwar die häufigste und die bei weitem bekannteste Anwendung der Blockchain sei, aber sehr wohl andere mögliche Verwendungen dieser Technik existierten. Ich begann das erste Blatt vollzuschreiben, in Handschrift, der ich mich so gut wie gar nicht mehr bediente: »Mit anderen Worten, die ausschließliche Fokussierung der Öffentlichkeit und der Medien auf die Kryptowährung Bitcoin könnte uns von einer weit ertragreicheren Debatte über das breite Spektrum der Chancen und Herausforderungen wegführen, die die Blockchain-Technologie bietet.« Ich saß allein im Speisesaal, arbeitete an einem ruhigen Platz. Ich schrieb meinen Satz und stellte fest, wie mühselig es war, mit der Hand zu schreiben, es war so lange her, dass ich es nicht mehr gemacht hatte. Mit meiner steifen und ungeschickten Hand hatte ich wirkliche Probleme, die Buchstaben aufs Papier zu bringen. Nach der Einführung plante ich, etwas über Everledger zu erzählen, um ein Beispiel einer anderen konkreten Anwendung der Blockchain zu geben. Everledger war ein in London ansässiges Start-up, das die Blockchain für eine spezifische Anwendung nutzte, um Diamanten vor Diebstahl und Fälschung zu schützen. Die Idee war sehr einfach, sie bestand darin, ein weltweites Register wertvoller Steine aufzustellen. Für jeden Diamanten legte Everledger vierzig Charakteristika fest, wie den Schliff, die Reinheit oder den Herkunftsort. Aus diesen Daten wurde eine Seriennummer für jeden Diamanten errechnet, die mit einem elektronischen Mikroskop auf seine Oberfläche aufgetragen wurde, die numerische Identifikation wurde dann in der Blockchain von Everledger gespeichert, was seine Identifikation unfälschbar machte. Ich trank einen Schluck von meinem Kaffee und las erneut die Seite, die ich vollgeschrieben hatte, und legte sie dann zur Seite. Ich nahm das zweite Blatt Papier und ging unter den filigranen Lettern des Briefkopfs der Universität von Tokio zum Kern meiner Überlegungen über. Aus dem Gedächtnis übernahm ich die hauptsächlichen Überschriften der einzelnen Kapitel meines Vortrags und listete all jene Bereiche auf, in denen die Blockchain-Technologie in Zukunft erfolgreich angewendet werden würde: Patente, intelligente Verträge, digitale Inhalte, elektronische Wahlverfahren. Für jede Rubrik notierte ich einige zusammenfassende Stichworte, um mir ein paar Eselsbrücken zu bauen, denn ich hatte die Absicht, meinen Vortrag frei zu halten.

Am frühen Nachmittag holte Professor Nakajiama mich von der Hotelresidenz der Universität ab. Das Kolloquium sollte im Tokyo International Forum stattfinden, im Geschäftsviertel von Marunouchi. Nach einer halben Stunde im Taxi erreichten wir das imposante Gebäude des International Forum, dessen Konstruktion aus Stahl und abgerundetem Glas sich perfekt mit den Konturen der

Eisenbahngleise am Tokioter Bahnhof verbindet (man sieht immer auf dieses Gebäude, wenn man mit dem Shinkansen in Tokio eintrifft). Der Veranstalter des Kolloquiums wartete schon im Atrium auf uns. Er führte uns in die vierte Etage, wo einige Proben stattfinden sollten. Zwar begann die Veranstaltung erst in zwei Stunden, aber wie so oft in Japan überließ man nichts dem Zufall, alles musste minutiös vorbereitet sein und in Anwesenheit der Teilnehmer geprobt werden. Als wir in das Auditorium kamen, tat sich vor mir ein riesiger Konzertsaal auf, der mehr als tausend Plätze fassen müsste, vielleicht sogar eintausendfünfhundert. Ich fühlte mich plötzlich unwohl, ich hatte nicht damit gerechnet, dass mein Vortrag vor einem derart großen Publikum stattfinden würde. Man bat mich für eine Sprechprobe auf die Bühne. Der extrem zuvorkommende Techniker wies mich an, erst ein paar Wörter ins Mikrophon zu sprechen, damit er seine Anlage einstellen konnte, dann ganze Sätze zu sprechen. Hartnäckig, ebenso ausdauernd wie unterwürfig, forderte er mich auf, den Anfang meines Vortrags ins Mikro zu sprechen. Dann nutzte man die Gelegenheit, um mit mir die Bühnenbeleuchtung zu testen, ich spürte helle Strahlenbündel über mein Gesicht fluten und über meine Hände streifen, die Leuchtstärke der Projektoren stieg auf der Bühne wellenförmig auf und ab. Im gleichen Augenblick kam ein junger Techniker in Jeans und Turnschuhen, der ein Bluetooth-Headset auf dem Kopf trug, auf die

Bühne, er hatte ein Kabel und einen Adapter in der Hand, um meinen Computer anzuschließen. Ich sagte ihm, das sei nicht nötig, ich würde mich letztlich nicht eines Computers bedienen. Aber eine solche Programmänderung kann man in Japan nicht so ohne weiteres improvisieren, nur ein paar Minuten später kam er in Begleitung eines Regisseurs wieder auf die Bühne zurück, der mir ein Heft vor die Nase hielt und mich daran erinnerte, dass ich für meinen Vortrag einen Anschluss an einen externen Bildschirm für ein MacBook Air bestellt habe, hier der Beweis, sagte er und deutete auf die Zeile in seinem Heft, wo meine Bestellung protokolliert war. Professor Nakajiama, der die paar Stufen vom Saal zur Bühne hochgestiegen war, stellte sich, Hände in den Manteltaschen, zu uns und mischte sich in unser Gespräch ein. Ich hatte dem Regisseur noch nicht geantwortet, wusste nicht, mit welcher Rechtfertigung ich mich aus der Affäre ziehen konnte, und bestätigte schließlich nur, ich bräuchte für meinen Vortrag keinen Computer, worauf der Professor, ohne etwas Schlechtes dabei zu denken, mich nur erstaunt, ja sogar fassungslos fragte: »Du hast deinen Computer nicht dabei?« Darauf wusste ich keine Antwort. Sie starrten mich alle drei an, ich war in höchster Verlegenheit. Anstatt ihnen sofort zu gestehen, dass mir mein Computer gestohlen worden war, zog ich es vor, diesen Zwischenfall zu verschweigen. Ich hätte nicht einmal sagen müssen, der Computer sei mir in China gestohlen worden, um weiterhin den chinesischen Teil meiner Reise geheim zu halten (ich hätte auch erfinden können, der Raub wäre im TGV oder im Flughafen Roissy passiert). Nein, ich habe mit niemandem darüber gesprochen, nicht mit Gu und auch nicht mit Professor Nakajiama, weil ich mich schämte, und diese Scham wurde noch vergrößert dadurch, dass man mir den Computer in der Toilette des Hotels gestohlen hatte. Ich war eingemauert in Schweigen, hatte mich in dieser Weigerung eingeschlossen, die Sache zu benennen (aber wovor genau hatte ich Angst – zu sagen, dass ich Opfer eines Diebstahls geworden war? Dass ich auch mal auf die Toilette gegangen bin?), und jetzt stand ich hier, entblößt ohne Computer und verängstigt und musste auf dieser Theaterbühne unmögliche Erklärungen von mir geben. Weil es für diese Geschichte keine vernünftige Erklärung gab, die ich geben konnte, es gab keine annehmbare Antwort auf die Frage: warum, sondern ich zog es vor, mich mit den paar Notizen zu behelfen, die ich an diesem Morgen auf die Schnelle auf die Blätter mit dem Briefkopf der Sanjo Conference Hall geschrieben hatte.

Der Veranstalter befreite mich vorübergehend aus dieser misslichen Situation und führte mich weg von meinen Gesprächspartnern in sein Büro, wo ich noch einige Dokumente zu unterschreiben hatte. Er überreichte mir auch das Programmheft des Kolloquiums, eine luxuriöse

Broschüre auf Hochglanzpapier, mit den Fotos und kurzen Biographien der Teilnehmer, die ich in seinem Büro stehend einen Augenblick durchblätterte. Zwei weitere Redner waren für meinen Vortragsblock angekündigt, ein Japaner, Gründer eines spezialisierten Start-ups der Blockchain-Industrie, und ein Amerikaner, ein Professor aus Stanford. Nach der Einführung der Teilnehmer durch den Veranstalter, für die jeweils fünfzehn Minuten vorgesehen war – alles auf die Minute genau geplant –, standen uns dreien je fünfundvierzig Minuten Redezeit zur Verfügung. Auf dem Weg zurück zur Bühne zeigte mir der Veranstalter meine Garderobe, ein geräumiges Zimmer mit dem üblichen, von Glühbirnen eingefassten Schminkspiegel, mit dunklem Teppichboden, zwei Sesseln und einem Bett. Im benachbarten Zimmer, das gemeinsam von den Rednern benutzt wurde, standen auf einem Tisch Getränke, Plätzchen und Trockenfrüchte zu unserer freien Verfügung. Ein Monitor an der Wand zeigte eine Festeinstellung des Saales, der immer noch leer war, man sah nur einige Techniker, die sich auf der Bühne zu schaffen machten. Der Veranstalter fragte mich, ob ich mich vor meinem Auftritt ausruhen wolle, und ließ mich allein. Nachdem er gegangen war, schloss ich die Tür meiner Garderobe mit dem Schlüssel ab, ich war erleichtert, wieder allein zu sein, von der Welt abgeschnitten. Ich löschte die Lichter, legte mich im Dunkeln, vollständig angezogen, aufs Bett. Ich war müde, müde im physischen Sinne wie im psychischen. Ich hatte zwei ausgesprochen schlechte Nächte hinter mir, und meine Angst, jetzt wo mein Auftritt auf der Bühne unmittelbar bevorstand, wurde noch verstärkt durch die irrationale Angst, die ich seit dem Vorabend empfand. Es war sehr heiß in meiner Garderobe, und ich stand noch einmal auf und zog meinen Mantel aus, hängte ihn in den Schrank. Ich zog auch Krawatte und Hose aus, behielt nur mein weißes Hemd an, dessen obersten Knopf ich öffnete. In Unterhose und Socken legte ich mich wieder ins Bett, verkroch mich unter die Bettdecke. Die Augen geschlossen, die Wange ans Kissen gedrückt, versuchte ich einzuschlafen.

Ich glaube, ich konnte etwas schlafen, nicht lange, vielleicht zwanzig Minuten oder eine halbe Stunde, als ich durch Schläge an meine Tür geweckt wurde. Noch halb im Schlaf erhob ich mich, öffnete in Hemd und Socken die Tür. Ein Aufnahmeleiter mit Kopfhörer und einem Walkie-Talkie sagte mir, das Kolloquium würde in fünf Minuten beginnen, *five minutes,* wiederholte er und zeigte mir die fünf Finger seiner Hand. Ich bedankte mich bei ihm und schloss die Tür wieder. Ich schaltete das Licht im Zimmer ein, ich war der zweite Redner, es blieb mir noch etwa eine Stunde, bevor ich auf der Bühne erscheinen musste. Am Waschbecken schüttete ich mir etwas Wasser ins Gesicht und begann mich anzuziehen, band mir meine Krawatte um, während ich mich nachdenklich im Spiegel betrachtete. Ich verließ die Garderobe und trödelte ein wenig im benachbarten Zimmer herum, wo ich auf den amerikanischen Professor traf, der aufstand, um mir die Hand zu schütteln. Mehr war nicht, unsere Begegnung endete damit. Ich goss mir ein Glas Wasser ein und warf einen Blick auf den Monitor, der Veranstalter hatte gerade seine Einführung beendet, und der japanische Gründer des Start-ups betrat die Bühne. Zehn Minuten vor meinem Auftritt beschleunigte sich alles, der Aufnahmeleiter holte mich ab und führte mich mit einer Taschenlampe durch das Labyrinth hinter der Bühne, ich stieg hinter ihm eine enge Treppe hinunter, wir gingen an einer Mauer vorbei, an der im Halbdunkel Bühnenbilder lehnten, und erreichten schließlich die Bühne. Mein Vorredner stand fünfzehn Meter vor mir an seinem Pult, er hielt einen Tablet-Computer in der Hand, mit dessen Hilfe er verschiedene Ansichten auf dem riesigen Bildschirm präsentierte. Aus den Kulissen beobachtete ich ihn, stand reglos hinter dem Vorhang. Der Redner beendete seinen Vortrag und verließ die Szene unter Applaus. Er lief an mir vorbei, ohne mich anzusehen. Ich stand nun allein in den Kulissen und wartete am Rand der leeren Bühne auf mein Zeichen. Im Saal wurde das Licht wieder abgedunkelt und ich hörte meinen Namen aus den Lautsprechern des Theaters hallen: *Mister Jean Detrez. Head of Unit at the Joint Research Center of the*

European Commission. Dann wurde es wieder hell, und der Regisseur gab mir mit einer Handbewegung das Zeichen, auf die Bühne zu kommen. Ich legte die fünfzehn Meter, die mich vom Mikrophon trennten, zurück, ohne an etwas zu denken, mein Kopf war leer, meine Augen waren auf das Pult gerichtet, auf das ich Kurs hielt. Ich stellte mich an das Pult und begann meinen Vortrag. Angst, Hass, Aggression, Ehrgeiz, sagte ich ins Mikrophon, sind die konstituierenden Prinzipien der dunklen Seite der Macht. Sie kennen zweifellos den Ausdruck, der aus dem Universum von *Star Wars*, der Film-Saga von George Lucas, stammt, die auch unser gegenwärtiges Weltbild geprägt hat. Aber wussten Sie auch, dass es eine dunkle Seite der Blockchain gibt? Und dass diese dunkle Seite der Blockchain der Bitcoin ist? Ich zählte in der Folge auf, wo meiner Meinung nach die Hauptgefahren des Bitcoin lagen. Ich stellte vor allem vier Punkte in den Vordergrund, die Anonymität des Geldverkehrs, die die Geldwäsche und Steuerhinterziehung fördere, dann den fehlenden Zusammenhang mit der Realwirtschaft und die Volatilität des Kurses, und schließlich, als letzte und möglicherweise am meisten besorgniserregende Gefahr, die ungeheure Verschwendung von Energie durch die Mining-Maschinen, deren Stromverbrauch ein echtes Desaster für die Umwelt darstelle. Ich legte in ein paar Sätzen die vier gefährlichen Aspekte des Bitcoin dar. Alles in allem, sagte ich, um zum Ende meiner Einführung überzuleiten, ist der Bitcoin der Baum – ein vergifteter Baum –, der uns den Wald der Blockchain – den tugendhaften Wald – nicht sehen lässt. Nach diesem virtuosen Vorspiel, das ich ohne auf meine Notizen zu schauen vorgetragen hatte, zog ich nun meine Blätter aus der Jackettasche, die ich an diesem Morgen geschrieben hatte. Ich breitete sie vor mir auf dem Pult aus, schob sie zusammen, verteilte sie wieder. Ich wollte gerade mit meinem Vortrag fortfahren, als ich mich plötzlich vollkommen leer fühlte. Ich hatte keine Vorstellung, was ich sagen wollte. Ich hob eines der Blätter vor meine Augen und stellte fest, dass meine Handschrift so gut wie unlesbar war. Ich konnte mich selbst nicht lesen. Ich hielt das Blatt etwas schräg in das von oben kommende Licht eines Scheinwerfers, um meine Notizen besser entziffern zu können, und bemerkte dabei, dass es sich nicht um das richtige Blatt handelte, legte es auf das Pult zurück, nahm ein anderes. Ich hatte meinen Vortrag noch immer nicht fortgesetzt, und es mochten jetzt gut dreißig Sekunden sein, in denen ich so auf der Bühne stand. Ich fürchtete bereits, dass eine Welle stummer Empörung durch den Saal ging. Ich kramte in meinen Taschen und zog tastend mein Brillenetui heraus, das ich eher schlecht als recht öffnete. Ich setzte meine Brille auf. Auf dem Blatt, das ich in der Hand hielt, fand ich den einzigen vollständigen Satz, den ich an diesem Morgen geschrieben hatte, und las ihn mechanisch vor: »Mit anderen Worten, die ausschließliche Fokussierung der Öffentlichkeit und der Medien auf die Kryptowährung Bitcoin könnte uns von einer weit ertragreicheren Debatte über das breite Spektrum der Chancen und Herausforderungen wegführen, die die Blockchain-Technologie bietet.« Ich verstummte. Wusste nicht mehr weiter. Ich wusste, dass ich verloren war ohne meine Krücken, ich hatte nichts mehr, worauf ich mich hätte stützen können. Auf dem anderen Dutzend Blätter, die ich an diesem Morgen vollgeschrieben hatte, standen nur kurze Stichwörter, Anmerkungen, Querverweise, die ich aus dem Stegreif entwickeln wollte. Aber plötzlich wurde mir in aller Deutlichkeit klar, dass ich unfähig sein würde, auch nur einen Satz zu dem Thema zu improvisieren. Ich hob den Kopf und schaute in den Saal. Geblendet vom Licht der Schweinwerfer, erriet ich vor mir im Halbdunkel die konkrete und erschreckende Zahl der Zuhörer in der vorderen Reihe, es saßen wohl Hunderte im Parkett, und noch mal so viele auf dem ersten und dem zweiten Balkon. Mir wurde schwindlig. Was machte ich hier? Ich drehte den Kopf in Richtung Kulissen, auf der Suche nach einem Rettungsanker, nach jemandem, der käme, um mich hier herauszuholen. Mit zittrigen Fingern nahm ich wieder meine Blätter zur Hand. Wort für Wort begann ich abzulesen, ohne Betonung, schlichte Notizen im Telegrafenstil, die ich am Morgen skizziert hatte: Digitale Inhalte. Die Blockchain und die Verwertungsgesellschaften. Mögliche Nutzung der Blockchain für eine Registrierung von Verkäufen und Transfers privater digitaler Inhalte. Die Blockchain und der Staat. Noch einmal über den öffentlichen Dienst nachdenken (siehe Estland). Es war ein mühsames Lesen, mit einem Kloß im Hals las ich, was mir vor die Augen kam, in der Hoffnung, dass es bald enden möge, ohne noch weiter an etwas zu denken, ohne an das zu denken, was ich von mir gab, ohne daran zu denken, an welchem Ort ich mich befand, in der Hoffnung, dass es durchgehen möge, ich eine halbwegs gute Figur machte, ohne zusammenzubrechen oder die Bühne zu verlassen, ich las aus dem Kontext gefallene Bruchstücke, die keinen Sinn ergaben und denen ich keinen zu geben suchte, da ich selbst keinen darin sah. Ich machte weiter, las allein auf der Bühne stehend die unzusammenhängenden Notizen von den Blättern ab. Ich weiß nicht, wie lange dieser Leidensweg dauerte, aber am schlimmsten war, dass ich immer so weitermachte, ich wollte die fünfundvierzig Minuten, die man von mir verlangt hatte, voll oder wenigstens annähernd voll bekommen, wo doch höchstens zehn Minuten seit dem Anfang meines Vortrags vergangen waren. Ich war am Ende meiner Kräfte. Ich verstummte. Ich sagte kein Wort mehr, ohne ein Wort des Dankes an meine Zuhörer machte ich mich schmählich davon, wartete nicht auf den Applaus, ich floh, ohne mich umzudrehen, hinter die Kulissen. In meiner Garderobe betrachtete ich mein Gesicht im Schminkspiegel, die zahlreichen Glühbirnen schienen mein bleiches Gesicht wie eine Dornenkrone zu umzingeln. (Mein Gott, sagte ich zu mir, während ich mein Gesicht voller Mitgefühl betrachtete.) Aber das Unfassbarste war, dass ein derartiger Reinfall in den Augen der anderen Teilnehmer unbemerkt blieb, niemand sprach mich während des anschließenden Abendessens darauf an, keine Anspielung, nicht einmal eine Andeutung. Ich sah mich nur der allgemeinen Gleichgültigkeit ausgesetzt und der unerschütterlichen Höflichkeit Professor Nakajiamas. Den Leuten ist es im Grunde schnurzegal, was einem passiert.

Nach der Veranstaltung wurde ich mit anderen Teilnehmern des Kolloquiums zu einem Restaurant gefahren. Während des ganzen Essens schwieg ich, ich hörte Gelächter und Gespräche rings um mich, in meinem Kopf brummte es. Am Ende des Abendessens stand ich mit den anderen auf und ließ mich von Professor Nakajiama noch in eine luxuriöse Bar im sechsten Stock eines Hochhauses in der Ginza schleppen, in dem der Hauptsponsor des Kolloquiums, das Wirtschaftsfachblatt *Nikkei Shimbun,* einen privaten Empfang gab. Um mich herum herrschte ein ewiges Kommen und Gehen, man drängte sich vor der Bar, Teilnehmer des Kolloquiums mischten sich mit anderen geladenen Gästen, man machte zwanglos Bekanntschaft, ich aber blieb abseits, hielt mich zurück, sobald man mich ansprach. Mir war nur daran gelegen, dem Professor gegenüber freundlich zu sein. Ansonsten wartete ich auf das Ende der Veranstaltung, blieb schweigend in meiner Ecke in einem tiefen Klubsessel aus braunem Leder mit rissigen Seitenlehnen sitzen und trank Bourbon aus einem schweren Glas mit herrlichen, roh behauenen Eiswürfelblöcken, die ich den Barkeeper mit einem Miniatureispickel in Form stoßen sah. Nach dem Empfang ging man in einer belebten Straße der Ginza, wo Neonlichter leuchteten, im Regen auseinander, kleine Grüppchen hatten sich gebildet, die weiterzogen, um die Nacht in anderen Bars ausklingen zu lassen, ich jedoch hatte das Gefühl, für den Abend genug getan zu haben, um mich zurückziehen zu dürfen, ohne gegen Konventionen zu verstoßen. Ich sagte Professor Nakajiama, dass ich heimgehen wollte, und er setzte mich in ein Taxi, steckte noch seinen Kopf in den Wagen, um dem Fahrer auf Japanisch die Adresse zu sagen.

Das Taxi setzte mich vor der Universität ab, aber ich musste feststellen, dass das monumentale Eingangsportal geschlossen war. Ich näherte mich dem Portal und suchte nach einer Pförtnerloge, nach einer Gegensprechanlage oder einer Klingel, es musste sicherlich einen Nachtwächter geben, aber ich fand nichts dergleichen. Ich trat ein paar Schritte zurück, um die Lage zu sondieren, ging dann die breite Prachtstraße hinunter auf der Suche nach einem anderen Eingang, der die ganze Nacht geöffnet wäre. Im Regen lief ich den Bürgersteig entlang, bog irgendwann rechts in eine kaum beleuchtete Seitengasse ab, um den Campus zu umrunden. Es war nach zwei Uhr nachts, und es war niemand mehr auf der Straße. Ich marschierte durch das Dunkel, nur einige wenige Straßenlaternen warfen hier und da abgegrenzte Leuchtflecken auf das Trottoir, ich kannte die Gegend nicht, drehte wieder um, kam wieder zur breiten Prachtstraße, auf der ich in einiger Entfernung Autoscheinwerfer und Taxilichter im Regen vorbeifahren sah. Der Regen war jetzt stärker geworden, ich zog den Kragen meines Mantels hoch und lief mit schnellen Schritten zum Eingangsportal der Universität zurück, vor dem das Taxi mich abgesetzt hatte. Ich studierte aufmerksam die Umgebung und stellte fest, dass etwas weiter von dem monumentalen Eingangsportal entfernt der Campus nicht mehr von einer Umfassungsmauer umgeben war, sondern nur durch ein auf ein niedriges Mäuerchen gesetztes Gitter gesichert war. Ich schob das Blattwerk beiseite und verschaffte mir Zutritt auf die Rabatte, meine Schuhe versanken in der feuchten Erde. Ich untersuchte den Zaun aus nächster Nähe. Er war einen Meter fünfzig hoch, es musste möglich sein, über ihn zu steigen, die Eisenspitzen der Zaunpfähle standen relativ weit auseinander. Ich kletterte auf das Mäuerchen und hob ein Bein über den Zaun, als mir durch den Kopf ging, dass es hier ja Überwachungskameras geben musste und vielleicht einen

Nachtwächter, der mich in diesem Augenblick auf dem Monitor seines Wachraums wahrnahm, ein Wächter, der einen Schatten in der Nacht sich bewegen sehen würde, eine Gestalt im dunklen Mantel, die rittlings auf dem Zaun saß, und der seine Kollegen alarmieren würde oder selbst kommen und mich zur Rede stellen würde. Ich wagte es nicht, eine weitere Bewegung zu machen, weder zurückzusteigen noch weiterzumachen mit meiner Kletterei. Dann vernahm ich ein Geräusch, das von der Universität, von den Bäumen oder Büschen herkam, jetzt verlor ich keine Zeit mehr, in der Angst, ein akustischer Alarm könne ausgelöst werden, geriet ich plötzlich in Eile, und als ich mich anschickte, auch mit dem zweiten Bein über das Gitter zu steigen, ich stand ja bereits mit einem Bein auf der anderen Seite, machte ich eine falsche Bewegung. Ich spürte, wie sich hinten an meinem Oberschenkel ein Muskel zerrte, fuhr dennoch mit meiner Bewegung fort und zog das andere Bein nach. Ich war immer noch in Eile, und anstatt mit Bedacht von dem Mäuerchen zu steigen, sprang ich überstürzt auf den Boden und strauchelte, rannte los, verlor das Gleichgewicht, fing mich wieder, rannte weiter in Schlangenlinien über die Allee, lief gebeugt durch den Regen an den gotischen Gebäuden der Universität vorbei. Ich weiß nicht, ob es wegen des Regens war, dass ich so rannte, oder aus Angst oder aus Scham. Hinkend erreichte ich die Tür der Sanjo Residence Hall an, zog meinen Schlüssel aus der Tasche und betrat die Residenz, durchquerte im Dunkeln die Gänge und gelangte in mein Zimmer, wo ich mich aufs Bett fallen ließ.

Als ich am nächsten Morgen mein Zimmer verließ, fand ich die Residenz wie ausgestorben vor, im Speisesaal brannte kein Licht und die Glastür am Eingang war von innen mit einem Vorhang verhangen. Die Rezeption war nicht besetzt, der Tresen blieb an diesem Sonntagmorgen leer. Ich verließ den Campus durch den Haupteingang, dessen großes Portal wieder offenstand. Das Hongo-Viertel lag verlassen im Dunst, und ich beschloss, zum belebten Shibuya-Viertel zu fahren, um dort ein Internetcafé zu suchen. Fünf Tage waren jetzt seit meiner Abreise von Brüssel vergangen, und immer noch hatte ich meine E-Mails nicht abgerufen. Die Vorahnung einer Katastrophe, die ich seit einigen Tagen mit mir herumtrug, schien sich zu bestätigen, mein Vortrag hatte mit einem Debakel geendet und meine nächtliche Rückkehr in die Universität war jämmerlich verlaufen. Als ich in Shibuya aus der U-Bahn kam, herrschte dort reger Betrieb, und ich ließ mich beim Überqueren der großen Kreuzung mit der Menge treiben. Ich betrat ein großes, mit Glas verkleidetes Gebäude und fuhr mit dem Aufzug bis in die letzte Etage, wo sich eine Buchhandlung befand. Ein Café grenzte an die Verkaufsräume, eine Glaswand ging auf die Kreuzung von Shibuya hinaus und fünf Computer standen auf einem Holzregal zur freien Verfügung. Ich setzte mich an einen der freien Plätze und folgte den Anweisungen, um mich ins Internet einzuwählen. Ich gab zunächst meine berufliche E-Mailadresse ein und fand etwa sechzig neue Nachrichten, doch ich hatte nicht den Mut, sie zu öffnen (ich begnügte mich damit, die Namen der Absender zu überfliegen, und als ich sah, dass nichts Wichtiges dabei war, las ich lediglich ein oder zwei Nachrichten, um mein Gewissen zu beruhigen). Ich gab danach meine private E-Mail-Adresse ein und mein Herz schnürte sich zusammen. Unter den sechzehn neuen Nachrichten waren zwei von meinem Bruder, die erste hatte als Betreff »Papa« und die zweite »Kein Betreff«, eine Nachricht stammte von meiner Mutter mit dem Betreff »Dein Vater«. Noch bevor ich die erste Nachricht geöffnet hatte, wurde mir schlagartig klar, dass die unmittelbar bevorstehende Katastrophe, die ich seit Tagen als diffuse Angst in mir spürte, bereits eingetreten war. Da war sie. Ich hob meinen Blick und schaute durch die Glaswand auf die Stadt, blieb einen Moment reglos sitzen, mein Blick verlor sich in der Ferne, in weiter Ferne, ich hatte das Gefühl, bereits zu wissen, was man mir ankündigte, bevor ich es gelesen hatte. Ich starrte auf die Kreuzung von Shibuya, an der die Menschen warteten, um sie zu überqueren. Jedes Mal, wenn die Ampel auf Grün schaltete, stürzte die Menge auf die Straße, um sich in der Diagonale in der Mitte der Kreuzung zu begegnen.

Ich öffnete die erste Nachricht, die lautete: »Der Gesundheitszustand von Papa hat sich unerwartet plötzlich verschlechtert. Die letzte Nacht verlief schwierig, Mama ist überfordert. Ein Krankenpfleger wird uns jetzt jede Nacht helfen. Der Arzt ist pessimistisch, aber ich glaube an seine Willenskraft. Mama hält sich aufrecht, ein Wort von Dir täte ihr gut.« Meine Mutter teilte mir in ihrer Nachricht mit: »Deinem Vater geht es wirklich schlecht, und es ist nicht sicher, dass er noch Zeit bis zu Deiner Rückkehr hat. Könntest Du ihm vielleicht ein paar Worte schreiben, die ich ihm vorlesen würde. Ich umarme Dich.« Die zweite Nachricht meines Bruders lautete bloß: »Hast Du meine Mails bekommen? Kannst Du mich anrufen. Ich muss unbedingt mit Dir reden.«

Natürlich wusste ich, dass mein Vater krank war, aber nie hätte ich mir sein Ende so unmittelbar bevorstehend vorstellen können. Ich war derart daran gewöhnt, seit Jahren meinen Vater krank zu sehen und sich dann mit Mut und Entschlossenheit von den Operationen zu erholen, denen er sich unterziehen musste. Schon vor mehr als zehn Jahren, es war im Herbst 2004, hatte man bei ihm zum ersten Mal einen bösartigen Krebs diagnostiziert. Das war direkt nach seinem endgültigen Abschied von der Europäischen Kommission, es fiel schwer, angesichts des Zusammenfalls beider Ereignisse nur an einen einfachen Zufall zu denken. Mein Vater hatte in den verschiedenen

Funktionen, die er ausübte, immer ein sehr intensives Berufsleben geführt, ob bei der UNESCO, als Leiter des Institut d'Études Européennes in Brüssel oder bei der Europäischen Kommission. Solange er arbeitete, hatte er sozusagen keine Zeit, krank zu werden. Der Krebs hat sich ruhig verhalten und sich erst von dem Tag an, an dem er sein aktives Leben beendete, bemerkbar gemacht. 2004 musste er ein erstes Mal operiert werden. Es war ein schwerer Eingriff, mit Thorakotomie und Entfernung eines Teils des vom Krebs betroffenen Lungenflügels. Mein Vater magerte als Folge der Operation völlig ab, er verlor mehr als zehn Kilo und musste sich neue Anzüge kaufen, derart schwamm er in seiner alten Garderobe. Ich erinnere mich noch, wie er in der Zeit seiner Rekonvaleszenz geschwächt in seinem Morgenmantel im Wohnzimmer der Avenue Émile Duray saß, der Hals verloren in einem eleganten blassblauen Hemd, das viel zu weit für ihn war. Aber mein Vater hatte Reserven und erholte sich allmählich. Schritt für Schritt ist er den Abhang wieder hochgestiegen und konnte sein normales Leben wieder aufnehmen. Sechs Jahre später kam der Rückfall, er wurde erneut operiert, eine ähnliche Operation wie die erste, ebenso schwer, wieder mit Öffnung des Brustkorbs und Entnahme eines Lungenflügels, wieder eine Narbe, wieder eine lange Rekonvaleszenz. Fünf Jahre blieb die Krankheit dann aus, bis vor zwei Jahren bei einer Routineuntersuchung bei ihm ein neues Rezidiv entdeckt wurde. Ich erinnere mich, dass mein Bruder und ich diese Nachricht damals nicht mit großer Sorge aufgenommen hatten, wir kannten das Prozedere ja gewissermaßen, aber wir wussten, wie schwer und schmerzhaft auch immer die Operation sein würde, unser Vater würde sich schließlich wieder erholen. Aber diesmal konnte er nicht mehr operiert werden, es gab nur noch die Chemotherapie. Die erste Chemotherapie vertrug mein Vater recht gut, aber seit er Ende des Sommers mit der zweiten begonnen hatte, die er weit schlechter vertrug, war er von der Behandlung sehr müde. Ich hob wieder den Blick und schaute auf die Kreuzung von Shibuya, ohne weiter an etwas zu denken. Ich musste meinen Bruder anrufen. Ich sah auf die Uhr, es war kurz vor Mittag, also vier Uhr morgens in Brüssel – ich konnte Pierre wirklich nicht um diese Uhrzeit anrufen. Ich stand auf und ging an den Regalen der Buchhandlung entlang, ich schaute nach vorne, sah aber nichts mehr. Ich fühlte eine Schwäche, schwankte, fand einen Stuhl und setzte mich, um wieder zu Kräften zu kommen. Eine junge Angestellte der Buchhandlung näherte sich vorsichtig und fragte mich, ob ich Hilfe benötige. Da sie sehr hilfsbereit schien, fragte ich sie, ob sie wisse, wo man hier im Viertel telefonieren könne, und die junge Frau, die meine Ratlosigkeit erkannte (sicher musste ich sehr blass ausgesehen haben) oder einfach aus der natürlichen Höflichkeit heraus, die Japaner Fremden gegenüber zeigen, reagierte mit einer Zuvorkommenheit ohnegleichen. Mit rührender Spontaneität hielt sie mir als Erstes ihr eigenes Telefon hin und lud mich ein, damit zu telefonieren. Ich lehnte ihr Angebot ab, erklärte ihr, in Europa anrufen zu müssen und es außerdem um diese Uhrzeit nicht zu können, sie informierte sich daraufhin mit demselben Apparat, den sie mir gerade angeboten hatte, im Internet, ob das Hauptpostamt von Shibuya geöffnet war. Sie hatte mit ihren Nachforschungen keinen Erfolg, aber eine andere Idee, sie gab mir die Empfehlung, die öffentlichen Telefone im Bahnhof von Shibuya zu benutzen. Als ich mich erstaunt zeigte, dass es überhaupt noch öffentliche Telefonkabinen gab, erklärte sie mir, die Behörden hätten sie tatsächlich niemals völlig aus dem Verkehr gezogen, weil sie die einzigen seien, die im Falle eines Erdbebens funktionierten. Sogar während des großen Erdbebens von 2011, erzählte sie mir, hatten sich im Bahnhof von Shibuya unendlich lange Schlangen vor diesen wenigen noch intakten Telefonanschlüssen gebildet. Als ich dann schließlich aufstand, machte sie mich darauf aufmerksam, dass ich zum Telefonieren sicher Münzgeld bräuchte, und begleitete mich zu einer Kasse des Ladens, wo ich einen 1000-Yen-Schein in zehn Münzen von 100-Yen wechselte. Ich verbrachte den Rest des Nachmittags im Shibuya-Viertel. Spazierte einfach mit leerem Blick vor mich hin. Kurz vor 16.00 Uhr rief ich meinen Bruder von einer der öffentlichen Kabinen im Bahnhof von Shibuya an. Ich holte meine 100-Yen-Stücke heraus und wählte die Nummer von Pierre. Am anderen Ende ertönte ein fernes Klingeln, das ich mit Beklommenheit hörte, und als er abhob, war da eine Stille, und ich glaubte, er würde mir nun eröffnen, was ich zu hören fürchtete. Aber er sagte nur, er habe mehrfach versucht, mich telefonisch zu erreichen, und fragte mich, wo ich sei. Ich sagte ihm, ich sei in Tokio und würde von einer Telefonkabine aus anrufen, weil mein Telefon nicht funktioniere, da ich kein Netz habe. Aber nicht daran dachte ich, sondern an etwas anderes, an die bestimmte eine Sache dachte ich, und mein Bruder sagte immer noch nichts meinen Vater betreffend, und je länger er nichts sagte, desto mehr wuchs meine Unruhe. Papa?, fragte ich ihn schließlich und erwartete, von ihm das Schlimmste zu hören. Mit dunkel gefärbter Stimme sagte mein Bruder, er habe ihn gestern gesehen, sei in der Avenue Émile Duray vorbeigegangen und bei meinen Eltern bis 22.00 Uhr geblieben. Alessandro sei auch da gewesen, er habe sich bei seinen Großeltern einquartiert, um ihnen zur Hand zu gehen. Er sagte mir, dass Papa bei Bewusstsein sei, den ganzen Tag über aber schlafe. In der Nacht sei er unruhig, wache mehrmals auf. Sie hätten jetzt einen Pfleger ganztags im Haus, man habe damit begonnen, ihm Sauerstoff zu geben und Infusionen. Mein Bruder fügte hinzu, man dürfe keine große Hoffnung haben. Ich fragte ihn, ob ich meinen Aufenthalt in Japan abbrechen sollte, um schnellstmöglich nach Brüssel zurückzukehren. Er antwortete, es sei an mir, das angesichts meiner Verpflichtungen zu entscheiden. Ich sagte ihm, ich würde sehen, was sich machen ließe, ich hielte ihn auf dem Laufenden und würde ihn umarmen. Ich hängte auf. Ich war zutiefst bewegt. Mein Vater war nicht tot.

Als ich am nächsten Morgen erwachte, schien die Sonne in mein Zimmer. Während ich langsam den Schlaf von mir abschüttelte, ging mein erster Gedanke zu meinem Vater, der vielleicht in Brüssel gerade seine letzten Stunden lebte. Ich hatte den Entschluss gefasst, meinen Aufenthalt in Japan abzukürzen, um möglichst schnell zurückzukehren. Nach dem Frühstück verließ ich die Residenz und machte mich auf den Weg zum Sekretariat des Fachbereichs von Professor Nakajiama. Ich überquerte gedankenverloren den Campus, lief durch ein Labyrinth von Verwaltungsgebäuden. Ich erkannte die Örtlichkeiten nicht wieder, wusste nicht mehr, wo ich mich befand. Ich hatte mich verlaufen. Ich hielt an. Auf der Rechten in Richtung des Haupteingangs des Geländes erstreckte sich eine Allee mit Ginkgobäumen, deren Blattwerk in der morgendlichen Sonne glänzte. Ein Teppich welker Blätter überzog den Boden, als sei über Nacht ein goldener Regenschauer niedergegangen und habe auf dem immer noch nassen Plattenbelag eine bernsteinfarbene und glitzernde Spur hinterlassen. Der Ginkgo ist ein Baum mit einem außergewöhnlichen Überlebenswillen, das wusste ich und konnte nicht umhin, den Vergleich mit meinem Vater zu ziehen. Ich holte mein Telefon aus der Tasche und machte ein paar Fotos von der Allee, ich wollte sie nach meiner Rückkehr meinem Vater zeigen. Ich kannte auch die Legende, die dem Ginkgo die Fähigkeit nachsagt, allen Katastrophen zu trotzen. In Hiroshima war der Ginkgo der erste Baum, der nach der Explosion der Atombombe wieder ausgetrieben hat. Ich kam wieder zur Ruhe, fühlte mich glücklich, an diesem Morgen auf meinem Weg diesem Baum begegnet zu sein, der das Symbol langer Lebensdauer ist. Ich stand immer noch am Eingang der Allee. Ich betrachtete die Ginkgoblätter auf dem Boden, und im Geiste richtete ich mich an meinen Vater und sagte ihm: »Schau Papa, wie schön ist doch Tokio in diesem Spätherbst. Schau nur die gelben Ginkgoblätter, die den Boden übersäen, schau dir dieses zeitlose Schauspiel an, das ich an diesem Morgen bewundere und dabei an dich denke.«

Schließlich fand ich das Sekretariat von Professor Nakajiama. Man benachrichtigte den Professor von meiner Ankunft, und er erschien nur zehn Minuten später. Ich nahm ihn zur Seite und erklärte ihm, dass der Gesundheitszustand meines Vaters sich plötzlich verschlechtert habe und ich nach Brüssel zurückkehren müsse. Ich wusste, dass es noch am selben Abend einen Nachtflug nach Paris gab, ich hatte mich am Vortag im Internetcafé von Shibuya danach erkundigt. Professor Nakajiama half mir mit allergrößter Höflichkeit und voller Verständnis, die Modalitäten meiner Heimreise zu organisieren. Ich könnte am Nachmittag direkt nach meinem Vortrag zum Flughafen fahren, er würde meine Abwesenheit beim geplanten Abendessen mit dem Universitätspräsidenten entschuldigen. Er würde sich auch darum kümmern, meine anderen Verpflichtungen in den kommenden Tagen abzusagen. Da ich keinen Computer mehr hatte und mein Telefon keinen Zugang zum Netz, blieb ich noch eine Weile im Sekretariat, um einige Telefonanrufe zu erledigen. Ich rief in der Agentur von Air France in Japan an, um mein Ticket umzubuchen, und nutzte den Computer einer der Sekretärinnen, um meinem Bruder die Nachricht zukommen zu lassen, dass ich am nächsten Morgen in Brüssel ankommen würde. Professor Nakajiama stand im Mantel neben mir und telefonierte ebenfalls, ich hörte ihn Japanisch sprechen. Nachdem er aufgelegt hatte, sagte er mir, ein Wagen der Universität würde nach meinem zweiten Vortrag für mich bereitstehen und mich zum Narita Airport bringen.

Als ich noch am selben Abend in Tokio abflog, dachte ich an den Tag zurück, an dem ich, es war keine Woche her, vom Flughafen Roissy aus meine Reise nach Asien angetreten hatte. Es war nicht viel Zeit seit meiner Abreise von Brüssel vergangen, aber meine geistige Verfassung hatte sich in dieser kurzen Zeitspanne grundlegend verändert: Jetzt, wo die Katastrophe eingetreten war, jetzt, wo ich begriffen hatte, welcher Art die unbekannte Katastrophe war, von der ich damals ahnte, sie würde unmittelbar bevorstehen, jetzt waren Mattigkeit und Traurigkeit an die Stelle der diffusen Unruhe getreten, die ich beim Abflug empfunden hatte. Was sicherlich mit der besonderen Eigenschaft der Unruhe zusammenhängt, die immer verstärkt, was sie nicht weiß. Jetzt, wo die schlechte Nachricht mich erreicht hatte – und es konnte eigentlich keine schlimmere geben –, jetzt, wo ich wusste, dass mein Vater im Sterben lag, hatte ich paradoxerweise kaum Angst.

Das Flugzeug war gerade gestartet, und ich schaute durch das Fenster in eine undurchdringliche Nacht, die sich nur durch das regelmäßige Blinken der Boeing im Himmel erhellte. Ich dachte an die hinter mir liegenden Stunden zurück und fragte mich, ob jene Unruhe, die mich von Anfang der Reise an nicht losgelassen hatte, nicht als einzigen und unbewussten Grund die Krankheit meines Vaters gehabt hatte. Über Jahre war mein Vater krank gewesen, aber ich hatte es mir nie eingestehen, der Krankheit nicht ins Auge blicken wollen. Ich fragte mich, ob ich mir nicht die ganze Reise über künstliche Ursachen für meine Unruhe konstruiert hatte, um mich von jener tiefer gehenden Angst abzulenken, der einzig wirklichen von Bedeutung, die ich wegen der Krankheit meines Vaters in mir spürte, um auf gewisse Weise die wahre Natur meiner sehr viel größeren Angst, die mich beengte, vor mir selbst zu verstecken. Ich dachte über die Geschichte mit dem USB-Stick nach, den John Stavropoulos in der Bar des Sofitel verloren hatte. Ich erinnerte mich, wie ich vergangene Woche beim Abflug von Roissy plötzlich den Verdacht nicht mehr loswurde, ich könnte Opfer einer von John Stavropoulos angezettelten Machenschaft geworden sein, dem mit Vorsatz sein USB-Stick abhandenkam, um mich in eine Falle zu locken. Aber jetzt, wo die Anspannung von mir abgefallen war und mein Misstrauen sich in Luft aufgelöst hatte, ich nur noch Resignation und Trauer empfand, sah ich die vergangenen Ereignisse in anderem Licht. Mir wurde mit etwas Abstand klar, dass der Verlust des USB-Sticks notwendigerweise zufällig geschehen war. Wäre es eine Falle gewesen, hätte John Stavropoulos mich niemals fünf Minuten später angerufen, um mir zu sagen, den USB-Stick verloren zu haben, denn zu offensichtlich bestand die Gefahr, dass ich ihm sofort gesagt hätte, ihn gefunden zu haben, und er wäre genötigt gewesen, den Stick auf der Stelle in der Bar abzuholen, ohne mir die Gelegenheit zu geben, dessen Inhalt einzusehen (selbst wenn ich ihm die größte Perfidie zutraue, diese Version erscheint mir undenkbar).

Nach mehrmaligen Versuchen, auf meinem Sitz einzuschlafen, konnte ich endlich für ein paar Stunden am Stück schlafen, und als ich mit schweißnassen Schläfen und einer tauben Hand, die Schlafmaske auf dem Gesicht, wieder wach wurde, wusste ich zunächst nicht, wo ich mich befand. Ich brauchte eine Weile, um mich in der Dunkelheit, die in der Kabine der Boeing herrschte, zurechtzufinden. Ich schob die Schlafmaske auf die Stirn und setzte mich auf, schaltete das Leselicht über dem Sitz an und sah, dass es vier Uhr morgens war, also 20.00 Uhr in Europa. Einige Stunden später, um 2.40, Uhr landeten wir in Roissy. Das Flugzeug rollte noch auf der Landebahn aus, als ich bereits den Flugmodus in meinem Telefon deaktivierte, um meine Mailbox abzuhören. Als Erstes sah ich mit Erleichterung, dass mein Bruder keine neue Nachricht hinterlassen hatte. Ich hörte mir die drei Sprachnachrichten an, die er mir in den letzten Tagen hinterlassen hatte und die nichts enthielten, was ich nicht bereits wusste. Ich hielt das Telefon noch am Ohr, als ich das Flugzeug verließ und in der eisig kalten Dezembernacht die verglaste Gangway des Flughafens von Roissy durchquerte.

Da mein Zug nach Brüssel erst um sieben Uhr morgens fuhr, wurde ich mit zwei, drei anderen Transitpassagieren in eine Flughafenlounge von Air France geführt, die die ganze Nacht über geöffnet war. In der Lounge war es still, an einem Automaten holte ich mir einen Kaffee und verbrachte ein gute halbe Stunde mit dem Abhören meiner Nachrichten und dem Lesen meiner E-Mails auf meinem Telefon. Als ich wieder aufstand, um mir eine der ausliegenden Zeitungen zu holen, sah ich, dass es hier die Möglichkeit gab, zu duschen. Ich nahm meinen Koffer und schloss mich in eines der privaten Badezimmer ein. Ein weißes Handtuch und ein in Plastik eingeschweißtes Toilettennecessaire standen mir zur Verfügung. Ich zog mich aus, schlüpfte hinter die Glaswand der Duschkabine und drehte den Warmwasserhahn auf. Es war vier Uhr morgens, und ich duschte mitten in der Nacht im Flughafen von Roissy. Zurück in der Lounge (ich fühlte mich besser, hatte mich rasiert und ein frisches Hemd angezogen) setzte ich mich vor einen der frei zugänglichen Computer und war kaum online gegangen, als ich eine Vielzahl roter Banner und Eilmeldungen entdeckte, auf allen Nachrichtenportalen war von einem Anschlag in Berlin die Rede, der kurz zuvor stattgefunden hatte. Am Vorabend gegen 20.00 Uhr war ein Sattelzug wie ein Rammbock in die Menschenmenge eines Weihnachtsmarktes am Breitscheidplatz gefahren. Die Rede war von mindestens zehn Toten und mehreren Dutzend Verletzten. Es bestand so gut wie kein Zweifel, dass es sich um einen islamistisch motivierten Anschlag handelte. Als ich in der Nacht im Flugzeug aufgewacht war, überflogen wir vielleicht gerade Berlin, und selbst wenn ich genau genommen zum Zeitpunkt des Anschlags nicht in oder über Berlin war, überlegte ich, dass ich in den letzten Jahren bereits zum dritten Mal in einer Stadt anwesend war, die von solch einem Attentat getroffen wurde. Ich war in Paris am 13. November 2015, ich war in Brüssel am 22. März 2016, und auch wenn ich damals nicht selbst Opfer war und auch keine Personen aus meinem persönlichen Umfeld direkt betroffen waren, jedes Mal habe ich in der Ferne vor dem Fenster die Sirenen gehört, den furchteinflößenden Hall der Sirenen von Kranken- und Polizeiwagen, die alle in Richtung des Tatorts unterwegs waren. Ich überlegte auch, wie betroffen mein Vater angesichts der Unmenschlichkeit dieser Anschläge war. Ein neuer Pessimismus hatte sich bei ihm eingestellt, was den Zustand unserer Gesellschaft betraf. Er erkannte diese zu einer Fratze entstellte Welt nicht mehr, die sich ihm hier zeigte. Er hat die verschiedenen Krisen schmerzhaft als persönliche Enttäuschungen erlebt, die Krisen, die in diesen letzten Jahren Europa geschwächt und unglaubwürdig gemacht hatten, wie die Griechenlandkrise, die Ukrainekrise, die Migrantenkrise, als ob das humanistische Europa, das er sein Leben lang als höchstes Ideal in sich getragen hatte, vor seinen Augen dabei war, ins Dunkel zu versinken. Er, der immer so kämpferisch war, immer bereit, sich für die ihm wichtigen Grundsätze zu schlagen und sie mit Zähnen und Klauen zu verteidigen, er hat diesen Zerfall Europas mit resigniertem Fatalismus aufgenommen, als wenn das alles nicht zu trennen wäre von der neuen Wehrlosigkeit, die ihm die Krankheit auferlegte und die seinen Körper brüchig werden ließ. Wo war seine Welt geblieben? Was war aus Europa geworden und aus der Demokratie, die ihm so teuer waren? Mein Vater hatte uns immer und immer wieder Churchill zitiert, meinem Bruder und mir und später auch seinen Enkeln, Alessandro, Henri und Hugues, den Kindern meines Bruders, und sogar Thomas und Tessa, den Zwillingen, die nur neun Jahre alt waren und die auch den Ausspruch Churchills genauso gut und sicher besser kannten als jeden Abzählreim: »Die Demokratie ist die schlechteste aller Staatsformen, ausgenommen alle anderen.« In diesem Wortlaut, in dieser konzisen Übersetzung hat er uns diesen Satz von Churchill immer wieder zitiert und daraus seine Devise oder sein Mantra abgeleitet: »Die Demokratie ist die schlechteste aller Staatsformen, ausgenommen alle anderen.« Dasselbe hätte er über Europa sagen können: Europa ist die schlechteste Perspektive für unseren Kontinent, ausgenommen alle anderen.

Im Zug, der mich vom Flughafen Roissy zurückbrachte, dachte ich an meinen Vater (Sie müssen tapfer sein, nur das hatte mir Professor Nakajiama beim Abschied vor der Universität mit auf den Weg gegeben). Die Sonne war gerade aufgegangen, am Horizont sah man den neuen Tag anbrechen. Aus dem Fenster schaute ich auf die Landschaft, weiße Felder in der Morgendämmerung, bedeckt von einer dünnen Schicht Rauhreif, und wie schon am Vortag richtete ich mich im Geiste wieder an meinen Vater: »Schau Papa, wie die Natur an diesem Morgen doch schön ist, in der Stunde, in der die Felder weiß werden.«

In Brüssel angekommen, nahm ich am Bahnhof Brüssel-Midi ein Taxi und ließ mich zur Place du Châtelain fahren. Ich stellte dort meinen Koffer im Flur ab und rief gleich meinen Sohn an, um mich nach meinem Vater zu erkundigen. Bevor ich überhaupt etwas sagen konnte, teilte mir Alessandro mit, dass er tot sei. Ich nahm die Nachricht in aller Ruhe entgegen, als würde ich gerade etwas erfahren, was ich bereits wusste, oder vielmehr, als würde ich gerade die Bestätigung einer Nachricht erhalten, deren Heftigkeit mich bereits einige Tage zuvor, wie eine Welle, die niederstürzt, mit voller Wucht getroffen hatte und von der ich jetzt nur mehr die abgemilderten Auswirkungen zu spüren bekam. Ich stand am Fenster und sah mit starrem Blick auf die Bäume der Place du Châtelain. Das war sie jetzt, die Nachricht, die ich schon so oft vorweggenommen hatte – wie meinen eigenen Tod, den ich so oft vorwegnehme und der nie eintritt –, das war sie jetzt also. Ich fragte meinen Sohn, wann es passiert sei, und er antwortete mir, am Vorabend, kurz nach 22.00 Uhr. Ich steckte mein Telefon weg, immer noch den Blick starr vor mich auf die Place du Châtelain gerichtet.

Ich rührte mich nicht. Ich dachte daran, dass ich im Flugzeug schlief, dass ich im Himmel war, in zehntausend Meter Höhe, als mein Vater starb.

Ich verließ meine Wohnung an der Place du Châtelain und machte mich auf den Weg zum Haus meiner Eltern. Ich ging langsam. Ohne dass es mir bewusst wurde und ohne es gewollt zu haben, kam ich an der Schule vorbei, in die ich als Kind in Brüssel gegangen bin. Ich hielt vor dem roten, im Stil flämischer Neurenaissance gebauten Backsteingebäude an, las die in Stein gemeißelte Aufschrift: »Grundschule Nr. 9 – Jungen«. Sechs Jahre lang hatte ich diese Schule in der Rue Américaine besucht. Ich wurde von einem plötzlichen Heimwehgefühl überwältigt, hier so zufällig die Schule meiner Kindheit wiederzusehen, am selben Tag, an dem ich vom Tod meines Vater erfahren hatte. Ich setzte meinen Weg fort, bog jedoch an der Place Leemans, anstatt den Platz zu umrunden, links in die Rue Washington ein. Ich tat es auf ganz natürliche Weise, als wüsste ich genau, wohin ich gehen wollte, wobei es auf dem Weg zu meinen Eltern einen Umweg bedeutete. Zweimal hintereinander, anstatt den direkten Weg zu meinem toten Vater einzuschlagen, war ich zu den Orten meiner Kindheit abgebogen. Ich ging die Rue Washington hoch, in der Ferne konnte ich die Fassade des Hauses sehen, in dem wir in Brüssel gewohnt hatten, in der Rue Jules Lejeune, bevor wir nach

Paris gezogen waren. Ich lief in den Spuren meiner Kindheit, beschritt dieselbe Bahn des immateriellen Raums, der ich damals, vor über vierzig Jahren, bei meinem Nachhauseweg von der Schule folgte. Ich lief in Richtung des Gebäudes in der Rue Jules Lejeune und in meinen momentanen Gedanken, im unausgesprochenen Fluss meiner Gedanken an meinen Vater, vermischten oder überlagerten sich Reminiszenzen der Gedanken, die ich am selben Ort Ende der 1960er Jahre hatte, Gedanken, die meinen Bruder betrafen oder meine Mutter oder meine Großeltern, bonne-maman, die Mutter meines Vaters, mit der wir den Sommer gemeinsam in De Haan verbrachten, oder bon-papa Marcel, dem Architekten und Vater meiner Mutter. Ich verlängerte nochmals meinen Umweg um ungefähr hundert Meter, um nach La Plaine zu gelangen, den Spielplatz meiner Kindheit, der einfach nur La Plaine, die Ebene, genannt wurde, wo wir mit einem Gefühl von Freiheit und Unabhängigkeit spielten, mit einer Intensität, wie ich sie seither kaum mehr wiedergefunden habe. Ich öffnete das Gittertor und betrat den leeren Spielplatz. Ich ging an einer verwahrlosten roten Rutsche zu meiner Rechten auf einem Sandplatz vorbei. Seit Jahrzehnten war ich nicht mehr hier gewesen. Der Platz erschien mir kleiner geworden zu sein, wie immer, wenn weit zurückliegende Erinnerungen mit der Realität der Gegenwart konfrontiert werden, aber etwas Ergreifendes ging an diesem eiskalten Dezembermorgen von diesem verlassenen Ort mit seiner reglosen, leeren Schaukel unter den Bäumen aus. Mein Geist war wie betäubt, als ich zum Fußballplatz hinüberlief. Wann immer ich etwas um mich herum wiedererkannte, ließ ich mich von den unsichtbaren Wellen aus der Vergangenheit wegtragen. Ich hatte angehalten, ich betrachtete den Fußballplatz vor mir, dessen Boden mit einer feinen Schicht Raureif bedeckt war. Aus meinem Mund entwich feuchter Dampf in die Kälte. Ich stand dort einige Sekunden und plötzlich fühlte ich, wie mich eine Aufwallung von Schmerz überwältigte, die ununterdrückbar aus meiner Brust emporstieg, ich wurde von einem Krampf geschüttelt und stieß ein oder zwei Wimmerlaute aus, wie zwei kurze Hustenanfälle, oder wie wenn ich mich übergeben würde. Ich weinte keine einzige Träne, aber ich weinte, allein auf La Plaine meiner Kindheit.

Als sie Mitte der 1980er Jahre nach Brüssel zurückkehrten, ließen sich meine Eltern in der Avenue Émile Duray Nummer 28 nieder, in einem von meinem Urgroßvater, dem Architekten Pierre de Groef, gebauten Haus. Ich klingelte an der Tür, und die Stimme meines Sohnes antwortete mir aus der Gegensprechanlage, er bediente den elektrischen Türöffner und kam mich im Eingangsbereich des Gebäudes begrüßen. Ich schloss Alessandro in meine Arme, wir blieben einen Moment umschlungen an der Treppe stehen. Er sagte, er habe seine Mutter benachrichtigt. Elisabetta würde mich umarmen, sie sei in Rom, würde im Laufe des Tages anrufen und versuchen, zur Beerdigung zu kommen. Ich freute mich über ein Zeichen des Entgegenkommens von Elisabetta, ich hatte mich immer gut mit ihr verstanden. Ich fragte Alessandro, ob mein Bruder im Haus sei, und er antwortete, er sei gerade weggegangen, zurück zur Arbeit, aber er käme zum Mittagessen wieder. Wir stiegen die letzten Stufen der Treppe hoch, und ich betrat die Wohnung meiner Eltern. Meine Mutter wartete auf uns an der Tür des Wohnzimmers. Sie stand völlig reglos da, sehr würdevoll und mit großer Sanftheit umarmte sie mich, mit viel Zurückhaltung in den Gefühlen. In den ersten Momenten sprach sie nicht über den Tod meines Vaters, sie tat so, als sei nichts geschehen, und es entstand eine gewaltige Leere, ein enormes Unausgesprochenes lag spürbar, fast greifbar in diesem Raum. Sie fragte mich, ob ich einen Kaffee wolle, und ging in die Küche, um ihn vorzubereiten. Es gab ein Hin und Her zwischen der Küche und dem Wohnzimmer, sie brachte zunächst zwei Tassen und dann noch eine dritte für Alessandro, nachdem sie ihn gefragt hatte, ob er auch einen Kaffee wolle. Alessandro, der ihr jeden Wunsch von den Augen ablas, wollte ihr helfen, aber sie sagte ihm, es täte ihr gut, wenn sie etwas zu tun hätte, und machte mit halsstarriger Hartnäckigkeit und mit einem abwesenden Blick weiter mit ihrem Kommen und Gehen, sie brachte den Zucker, dann ein Paket mit

Plätzchen, das ihr aus den Händen glitt und auf den Teppich fiel. Sie brachte schließlich den Kaffee und begann, ihn einzuschenken. Meine Mutter hatte nicht geweint, als ich angekommen war. Sie hatte ihren Schmerz vor mir nicht gezeigt. Sie schien ruhig, beherrschte sich offenbar, aber man spürte eine innere Erregung, eine Unruhe, die sich manchmal durch ihre Starre hindurch in einer brüsken Bewegung oder einer ungewohnten Ungeschicklichkeit verriet. Nur ein einziges Mal, nachdem sie uns den Kaffee eingeschenkt hatte, brachte sie die letzten Stunden meines Vaters zur Sprache. Mein Vater hatte zu Lebzeiten Vorkehrungen getroffen, die im Fall einer unumkehrbaren Bewusstlosigkeit umgesetzt werden sollten, ich wusste das. Sterbehilfe ist in Belgien legal, und mein Vater hatte wenige Monate zuvor eine offizielle Erklärung hierfür unterschrieben, in der er seinen Willen zur Sterbehilfe bekräftigte. Meine Mutter erzählte mir, dass der Gesundheitszustand meines Vaters sich am Freitagabend unerwartet verschlechtert habe. Am Samstag war der Arzt ins Haus gekommen, Pierre sei dabei gewesen. Sie hätten offen über die Möglichkeit gesprochen, den Arzt die tödliche Injektion machen zu lassen, falls sich keine sichtbare Verbesserung seines Zustands einstellen sollte. Aber es wäre nicht nötig gewesen, denn das starke Beruhigungsmittel, das der Arzt meinem Vater zur Linderung seiner Schmerzen verabreicht hatte, reichte aus, um sein Ende zu beschleunigen. Als meine Mutter gestern Nachmittag gespürt habe, dass die letzten Stunden meines Vaters gekommen seien, habe sie meinen Bruder verständigt, alle hätten sich im Haus um den Vater versammelt. Nur ich hätte gefehlt, aber meine Mutter sagte zu meinem Vater, ich sei bereits auf dem Rückweg von Japan, später dann sagte sie ihm, ich sei angekommen, oder vielleicht hat sie auch nur durch Unterlassung gelogen, indem sie sagte, nun seien alle um ihn versammelt, und ihm dadurch in gewisser Weise die Erlaubnis gegeben, nicht auf mich warten zu müssen, und dann sei mein Vater, der die letzten vierundzwanzig Stunden kaum mehr bei Bewusstsein war, sanft von uns gegangen. Vor einigen Tagen, erzählte mir meine Mutter, in einem der letzten Momente seiner Klarheit, als sie sich versichern wollte, ob es immer noch seine Absicht sei, sein Leben abzukürzen, und meinen Vater fragte, ob nun die Zeit gekommen sei, ob er jetzt gehen wolle, habe mein Vater überrascht die Augen geöffnet und ihr geantwortet: »Aber wohin willst du denn, dass ich gehe?« Sie schenkte mir ein sanftes Lächeln, nahm mich als Zeugen. Sie fügte hinzu, wie immer hat dein Vater bis zur letzten Sekunde gekämpft. Er konnte noch so sehr seine Einwilligung zur Sterbehilfe geben, er war nie der Mann, der seine Partie vor dem letzten Atemzug aufgibt. Aber du kannst ihn sehen, er liegt im Schlafzimmer, sagte sie.

Der Moment, den ich am meisten fürchtete, war gekommen, nichts konnte ihn jetzt mehr weiter hinauszögern. Ich erhob mich von meinem Sitz und ging aus dem Wohnzimmer. Ich durchquerte mehrere leere Zimmer, wo immer noch, obwohl er nun abwesend war, seine starke Präsenz zu spüren war. Ich betrat den Flur, der zum Schlafzimmer meiner Eltern führte. Am Ende des Flurs, nachdem man eine unsichtbare Schranke passiert hatte, drang man in den intimen Bereich meiner Eltern ein und man betrat einen Bereich, der mich noch immer einschüchterte. Es herrschte – und es hatte immer geherrscht – in diesem Teil des Hauses der Geruch meiner Eltern, ein warmer, umhüllender Geruch, den ich auch an diesem Morgen noch sofort wiedererkannte. Das an ihr Zimmer grenzende Badezimmer lag im Halbdunkel, ich erkannte im Vorbeigehen auf der Waschtischablage die Umrisse von Medikamentenfläschchen und Kompressen. Ich trat ins Schlafzimmer. Mein Vater lag auf dem Bett in Anzug und Krawatte, die Hände waren über einer Wolldecke gefaltet, die ihm bis zur Gürtellinie reichte. Er schien zu schlafen, seine Gesichtszüge waren entspannt. Die Pfleger, die seine Totenpflege erledigt hatten, wie meine Mutter mir noch anvertraut hatte, hätten gesagt, Papa sei sehr schön, und es ist wahr, dass mein Vater, so auf seinem Totenbett liegend, schön war. Die Spuren der Krankheit schienen verschwunden zu sein, ich sah das Band eines Ordens am Revers seines Jacketts. Ich fühlte mich nicht wirklich ergriffen, eher als von Gefühlen überwältigt zu sein, wie ich es nur eine halbe Stunde zuvor in La Plaine war, dachte ich nur, dass es ergreifend war. Ich dachte es in diesen Worten: »Das ist wirklich sehr ergreifend.« Ich nahm die Gefühle wahr, die die Situation in sich barg, war mir darüber bewusst, dass die Szene, die ich jetzt gerade erlebte, sehr ergreifend war, aber ich empfand dieses Gefühl nicht selbst, als ob ich durch die Anspannung meines Geistes, der die Gefühle, die ich empfand oder die ich hätte empfinden sollen, aufmerksam beobachtete, unfähig war, sie wirklich zu empfinden, ich konnte sie nur von außen beobachten, und in dieser Nuance, in dieser winzigen Unterscheidung, erkannte ich eine Konstante meines Wesens, eine Steifheit, eine Ungerührtheit und eine Schwierigkeit, meine Gefühle auszudrücken, die ich schon immer hatte.

Titel der Originalausgabe
LA CLÉ USB

Dieses Buch erscheint im Rahmen des Förderprogramms
des Institut Français.
Cet ouvrage a bénéficié du soutien des Programmes
d'aide à la publication de l'Institut français.

Die Übersetzung dieses Werkes wurde gefördert
durch die Fédération Wallonie-Bruxelles.
Avec le soutien de la Fédération Wallonie-Bruxelles.

FSC
www.fsc.org
MIX
Papier aus verantwortungsvollen Quellen
FSC® C014496

1. Auflage

Lektorat: Delf Schmidt
Herstellung und Umschlaggestaltung: Laura J Gerlach
Umschlagmotiv: Zeichnung von Jean-Philippe Toussaint
Satz: psb, Berlin
Druck und Bindung: GGP Media GmbH, Pößneck
Printed in Germany
ISBN 978-3-627-00273-2